토닥토닥, 인생

○ 저자 고유의 글맛을 살리기 위해 표기와 맞춤법은 저자 고유의 스타일을 따릅니다.

토닥토닥, 인생

김혜경 글·그림

로지

CONTENTS

오히려.

어쨌든。

다행히。

역시나。

아직도。

PROLOGUE

나이,
아직도 열심히
먹고 있습니다

사실, 이 인사말은 두 번째 쓰는 글입니다. '징징대지마, 인생'이라는 소제목으로 나름 진지하게 힘들지만 힘을 내야한다는 식의 교훈적인 인사말을 써서 남편에게 보여주었더니 대뜸 이렇게 말합니다.

"너무 무겁잖아. 당신 같지가 않은데"
순간적으로 불끈.
"난 괜찮은데, 왜?"
"당신은 괜찮아? 당신이 괜찮으면 됐지 뭐"

남편은 그럼 왜 물어봐하는 표정으로 소파에 벌렁 드러누워 TV 리모콘을 이리저리 돌려댑니다. 그렇긴 하네요. 나란 사람이 언제부터 심각했었나. 좋으면 너무 좋아서 팔짝팔짝 뛰고, 싫으면 너무 싫다고 진저리를 치고. 그저 마음이 끌리는 대로 생각이 오가는 대로 감동도 했다가 반성도 했다가. 이렇게 살아야 한다는 훈계 따위는 미안하지만 서랍 속 깊숙이 넣어두고 생전 꺼내보지 않는 사람이 나란 여자인데. 그런데 왜 그렇게 진지해졌을까 생각해보니 결국 나이 때문입니다.

5년 전 〈나이는 생각보다 맛있다〉를 쓸 때만해도 나이가 뭐 어쨌다고 하는 심정이었습니다. 하지만 이 책을 내기 위해 블로그에 있던 글들과 지난 1년간 틈틈이 쓴 글들을 모아보니 생각보다 훨씬 더 나이에 위축되고 소심해지고 힘들어하는 나를 발견했습니다. 세상에 대한 호기심은 여전해서 예전처럼 무턱대고 덤볐다가 으악 그만하라고~ 소리를 지르는 몸 때문에 한 발짝 물러섭니다. 처음엔 큰일났다 했습니다. 사진 찍는 것도 싫고, 예쁜 액세서리도 시들하고, 여자라는 인생이 이렇게 끝나는구나 싶어서 서글퍼졌었습니다.

하지만 최근에 읽고 있는 무라카미 하루키의 수필 〈달리기를 말할 때 내가 하고 싶은 이야기〉에 나오는 한 줄의 문장에 고개를 끄덕끄덕.

“만약, 내 묘비명 같은 것이 있다면 그리고 그 문구를 선택하는 게 가능하다면 이렇게 써넣고 싶다. 무라카미 하루키. 작가(그리고 러너) 1940~20** 적어도 끝까지 걷지는 않았다."

그렇죠. 바로 이런 거죠. 인생의 곳곳에 잠복해있는 돌부리에 걷어차일 때마다 쉬어가겠다고 징징댈 수는 없습니다.

그렇다고 무라카미 하루키처럼 평생 매일매일 10킬로씩 달리고 끊임없이 자신을 다그치며 글을 쓰는 120%의 건강한 삶을 살겠다는 건 물론 아닙니다. 하지만 적어도 끝까지 나답게는 살아야지 하고 생각합니다. 나이가 들었답시고 어른인 척 점잖 빼지 말고 지금까지 그랬던 것처럼 끊임없이 궁금해 하고 궁리하고 저지르면 되는 거죠. 예컨대 적어도 지루하게 살지는 않았다 라고나 할까요.

이 책의 글과 끄적끄적 그림들은 아들, 친구, 남편, 음악, 영화, 강아지, 바느질… 이런 별 것 아닌 일들에 울고 웃는 사소한 일상의 기록들입니다. 처음부터 끝까지 읽을 필요도 없고, 공감 가는 글 한 줄만 읽어도 아쉬울 것 없습니다. 그저 '아, 이 여자도 이렇게 사는구나. 나랑 똑같네' 하고 잠시 누군가의 위안이 되어 준다면 더 없이 고마울 것 같습니다. 3년 동안 블로그에 담고 있던 글들과 신문에 연재되었던 글, 새로 쓴 글들이 두서없이 섞여있어 '뭐야, 아까는 펜션을 한다더니, 언제 건물을 지었어?' 하실 수도 있지만 꼭 기억해야 할 중요한 이야기도 아니니 이해해주시길.
세 번의 여름과 네 번의 겨울 그리고 나의 끝없는 변덕을 참아준 알에이치코리아 차선화 대리님과 섬세한 곰 김미성 실장님께 감사드립니다. 그리고 기꺼이 허접한 내 글들의 모델이 되어준 남편, 아들, 친구, 이웃, 동료들에게도 감사의 말을 전합니다. 나는 인생이라는 긴 여정의 반환점을 돌아서 훨씬 더 많이 달려온 것 같습니다. 리와인더 키나 포워드 키를 눌러 휘리릭 하고 되감을 수도 빨리 갈 수도 없습니다. 그래서 누구에게나 공평하게 주어지는 인생이라는 시간. 그 소중한 시간을 가능한 열심히, 야금야금 맛있게 먹고 있습니다.

2016년 3월 16일

김혜경

하지만。

14

다시 시작

재충전의 휴가가 끝나고
다시 출근.
익숙한 일을 한다는 것은 행운이자 불행이고
새로운 일을 한다는 것도 행운이자 불행이다.
결국 인생은 바라보는 관점에 따라 행운일 수도 불행일 수도 있다.

〈굿 컴퍼니〉
〈빌 게이츠의 창조적 자본주의〉
〈세잔의 차〉…

착한 일을 하기 위한 몇 권의 책과
후배들이 깨알같이 모아 선물로 준 몽블랑 만년필,
티와 티포트.

새로운 도전을 위한 최소한의 무기를 꾸려
새로운 일터에 앉는다.

자, 다시 시작이다.

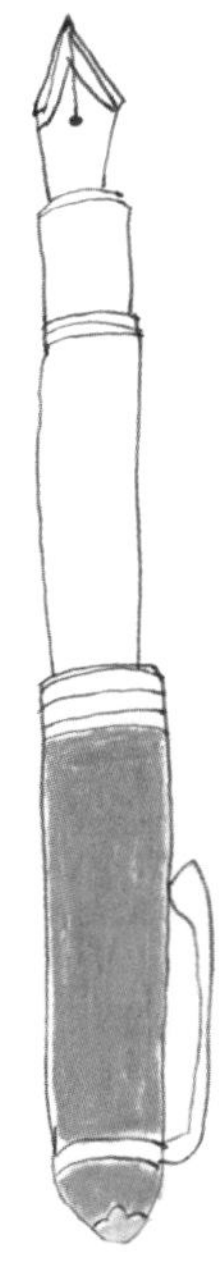

16

시멘트 작가 「재화」

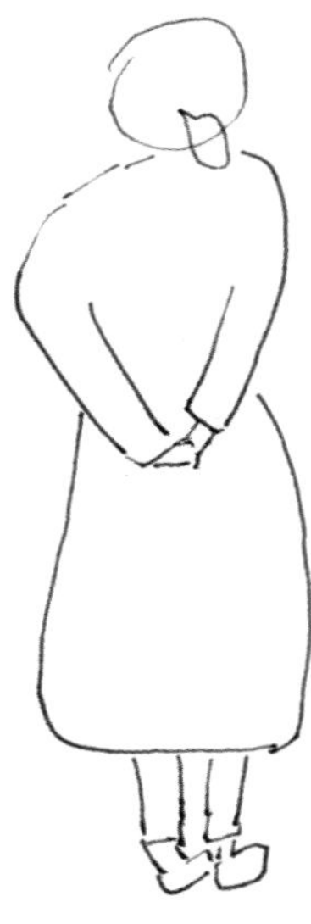

돈을 많이 버는 것이 싫다는 말을 믿어야 할까, 말아야 할까? 아마 돈만 많이 버는 게 싫다는 뜻이겠지만 돈도 없으면서 돈 버는 것을 우습게 아는 작가가 있다. 아니 부부 작가다. 시멘트와 철로 작품을 하는 재화와 홍래.

1년 전쯤 문호리 리버마켓에서 만나 지금은 언니 동생 하는 사이가 되었다. 100개가 넘는 셀러들이 나오는 리버마켓에서 유독 눈길을 붙잡는 부스였다. 알록달록, 눈에 띄려고 기를 쓰는 가게가 대부분인데 그냥 툭 하고 작품들을 던져 놓았다고나 할까. 시멘트로 만든 테이블과 스툴, 촛대, 화분…. 얼핏 뭉툭하고 소박해 보이면서 단순하지만 힘 있는 선과 면이 그동안 얼마나 자신과 치열한 싸움을 해왔는지 고스란히 느껴졌다.

"왜 하필 시멘트야?" 하고 물었더니 그냥 학교 때 시멘트란 소재가 그렇게 좋더란다. 돈 안 된다고 모두 말려도 "나 좋으면 그만이지." 했던 그녀. 잘나갈 때도 있었지만 리버마켓에 나올 즈음 작품으로 먹고살기 힘들어서 도배를 배워야겠다고 결심하기도 했단다. 심각한 이야기를 심각하지 않게 하는 참 희한한 재주를 가진 재화. 플리마켓에서도 물건 파는 것보다 그저 놀 궁리만 하는 재화.

어쨌거나 벼룩시장 정도에는 어울리지 않는 꽤 작가 정신이 있는 아티스트인지라 역시 안목 있는 사람들의 눈에 띄어서 요즘은 꽤 작업이 많아진 모양이다. 툭 하면 일이 많아서 너무 싫다고 투정을 부린다. 아니 젊은 사람이 돈을 모아야지 무슨 소리야, 하면 "돈은 라면 끓여 먹을 만큼만 있으면 되지. 애들이랑 놀 시간이 없잖아." 한다. 어이구~ 네 맘대로 하세요, 하고 통박을 주지만, 속으론 그런 생각이 참 예쁘다. 아니 참 부럽다. 그녀보다 훨씬 많이 가졌으면서도 뭔가 여유 없이 전전긍긍하는 내 모습이 오히려 초라하게 느껴진다. 그녀는 다 쓰러져가는 오래된 한옥을 단돈(?) 1000만 원에 구입해 남편과 함께 'See Saw'라는 예쁜 작업실과 살림집으로 개조했다. 손이 터지는 추운 겨울에도, 머리가 탈 것처럼 뜨거운 여름에도 네모난 작은 마당에서 시멘트 반죽을 으깨고 불똥이 튀는 용접을 한다. 보일러 난방 따위도 없이 겨울을 나고 에어컨 따위도 없이 여름을 나지만 '그 따위'의 어려움이 그들의 영혼을 어렵게 하지는 않는다.

돈과 작가 정신은 대체로 반비례한다. 어쩌면 작가들은 돈을 너무 많이 버는 것을 두려워해야 하는지도 모른다. 나는 재화가 돈을 너무 많이 벌지 않기를 바란다. 그저 빈티지 마켓에서 산 4000원짜리 재킷을 입고 좋아하는, 그 정도의 여유에도 행복해하는 재화로 오래오래 남아주기를 바란다.

빡빡이를 존중하자

오늘 아침 페이스북 친구의 짧은 글.
'빡빡으로 만든 사람들은 잠깐이라도 존중해줘야 한다. 그들은 결심한 사람들이다.' 고개를 끄덕끄덕. '좋아. 나 이제 제대로 살아볼 거야'라는 결심을 고작 헤어스타일 따위로 일단 선언하는 거지만 그래도 괜찮다. 아무리 하찮아도 실천은 어려운 법이니까.
빡빡이 하니까 생각난다. 같이 일하던 팀원 중 나름 뉴욕의 브루클린 유학파라 히피 비스무리한 스타일을 고수하던 친구가 있었다. 그날 따라 똥 싼 바지 스타일의 7부 바지에 후줄근한 티셔츠를 입고 출근했는데 상무님이 지나가시다 한마디 했다.

"옷 꼬라지가 그게 뭐야!"

그 길로 뛰쳐나가더니 몇 시간 지나 아줌마처럼 빠글빠글 파마를 하고 초록색 남방에 노란색 바지를 사입고 돌아왔다. 미장원에 가서 빡빡이로 밀어달랬더니 이틀 후에 다시 오면 해주겠다고 했다나. 산만 한 덩치에 씩씩거리면서 흥분하는 모습에 팀장 입장에서 맞장구를 칠 수도 없고 혼낼 수도 없어 난감했던 기억이 있다.

요즘은 빡빡이가 대세인가 보다. 신경 써서 찾지 않아도 툭툭 걸린다. 요즘 내가 꽂혀 있는 노래인 '위잉위잉'도 혁오라는 빡빡이가 부른다. 그 녀석도 꽤 멋있어 보인다.

오늘은 회사에 출근하다가도 마주쳤다. 아니 이런 멀쩡한 곳에도 빡빡이가 하고 놀랐는데 알고 보니 새로 온 경력 사원이다. 단정한 슈트와 빛나는 머리가 절묘하게 어울린다. 하지만 백번 결심해도 빡빡이로의 변신이 만만찮은 사람들이 있긴 하다. 예컨대 뒤통수가 납작한 우리 남편 같은 사람들이다. 자칫하면 방금 출소하신 분들처럼 보이거나, 매우 없어 보일 수 있으니 주의하시길.

딩주

딩주. 동네 친구들이 요즘 나를 부르는 애칭이자 별명이다. 빌딩 주인의 줄임말이란다. 그런데 딩주라고 부를 때의 뉘앙스가 어째 좀 껄쩍지근하다. 임대료로 먹고사는 팔자 편한 인간들에 대한 약간의 질투와 무시가 섞인 뉘앙스랄까. 하지만 바닥 평수가 30평밖에 되지 않는, 그것도 시골 읍내의 건물이다. 지하는 남편의 동물병원, 2층은 내 공방, 3층은 살림집, 4층은 아들의 옥탑 방. 그래서 임대하는 공간은 1층의 30평뿐. 결국 열심히 가게 운영해서 내가 나에게 임대료를 지불해야 하는 무늬만 건물 주인인 셈이다.

모든 직장인이 그렇듯 나도 퇴직 후의 삶에 대해 끊임없이 고민해왔던 것 같다. 사실 고민보다는 행동이 앞서는 인간이라 전원주택, 펜션, 카페 등등 해보고 싶은 인생을 시도했고 어(!) 이게 아닌가 싶으면 또 과감하게 끝냈다. 이제 그동안 모은 돈과 퇴직금, 빚까지 내서 주택과 내 점포와 임대 공간이 달린 건물의 '딩주'가 되었다.

솔직히 나는 비행공포증은 있어도 미래 공포증은 없어서 천만다행이다. 알치도 못하는 미래를 안 되겠지 하는 걱정으로 보내는 건 너무 슬프다. 인생은 초콜릿 상자. 어떤 이는 제일 맛있어 보이는 걸 덥석 집기도 하고 어떤 이는 제일 맛있어 보이는 걸 아끼고 아껴서 맨 나중에 먹기도 한다. 어떤 이는 고르기 전에 심사숙고하고, 어떤 이는 생각 없이 마음 가는 대로 집는다.

그냥 그렇게 자기가 생긴 대로 사는 거다. 인생에는 지름길도 없고 정답도 없다. 그저 그때 그걸 골랐어야 하는데… 하고 땅을 치며 후회하는 그런 인생을 살지 않으면 되는 거다.

똥 냄새

킁킁 똥 냄새가 난다.
폴의 똥이 묻었나 살펴보니 그건 아니고.
킁킁 똥 냄새가 난다.
쿤의 똥을 밟았나 살펴보니 그것도 아니고.
킁킁 똥 냄새가 난다.
옆집 조카네 루크가 똥 싸고 도망갔나 살펴보니 그것도 아니고.
"개들이 많으니 냄새가 개판이군." 하며 투덜거리다 문득 이상해서 올려다보니 하늘이 노랗다.
아… 은행나무.

알고 보니 범인은 은행알.
모르는 사이 차에 치이고 발에 밟혀 솔솔 냄새가 난다.
가을마다 늘 속으면서도 또 잊어버렸다.
괜히 말 못하는 아이들만 의심했네.
미안해서 육포 한 조각씩 입에 넣어주고
한가득 떨어진 은행알을 하나씩 소쿠리에 주워 담는다.
예쁘고 몸에도 좋은데 너는 참 냄새가 못생겼구나
중얼거리며 오늘 저녁엔 은행밥이라도 해먹을까 마음이 바빠진다.

가을엔 색깔도 많고 냄새도 많다.
은행나무 노란색 하나로도 벅차고 넘치는데 어쩌라고 골목 옆 단풍나무는
너무 새빨갛고, 하늘은 너무 새파랗다.
아직 덜 익은 파란 모과를 따서 식탁에 올려놓으면 노랗게 익으면서
침이 넘어가도록 달콤한 냄새를 풍긴다.
그러고 보니 1년 내내 색깔도 냄새도 없이 희멀건한 건 인간뿐이다.
온갖 색깔로 치장하고 향수를 뿌려봤자 자연의 어느 것 하나도
따라가지 못하면서 잘난 척 뻐긴다.

아이~ 똥 냄새 하고 찌푸렸던 내가 괜히 부끄러워지는 아침이다.

1인 미용실, 그곳에서 오래된 미래를 본다

서귀포시 구좌읍 종달리. 1인 미용실 로로 하우스.

작은 언덕배기에 오도카니 앉아 서쪽 바다를 하염없이 바라보고 있는 그곳, 로로 하우스에는 아주 오래된 이발소 의자가 있다. 서울역 앞에서 큰 미용실을 운영했다는 남자는 그 의자를 황학동 시장에서 찾아냈다고 했다.

그곳에는 세월의 얼룩이 군데군데 묻어 있는 오래된 드레스도 있다. 서울에서 온 신혼부부들은 오래된 의자에 앉아 머리를 자르고, 오래된 드레스를 입고, 그보다 더 오래된 듯한 바닷가에서 사진을 찍는다.

너무 많은 사람들의 머리를 만지고 자르느라 지쳐버린 그 남자는 딱 한 사람만을 위한 헤어 디자이너가 되었다. 동네 아주머니든, 멀리서 온 관광객이든 아주아주 공을 들여 머리를 손질하니까 금방 한 헤어스타일인데도 오래된 듯 눈에 익숙하다.

연극배우였지만 아기 엄마로 직업을 바꾼 그의 아내는 딱 하나의 방을 만들어 게스트하우스를 운영한다. 그녀가 준비한 바스락거리는 이불과 소박한 아침 식사는 아주아주 공을 들여 오래된 맛이 난다.

노르베르 호지 여사의 〈오래된 미래〉라는 책을 읽었을 때 솔직히 나는 그 뜻을 정확히 이해하지 못했다.

하지만 로로 하우스, 그곳에서 갑자기 아… 하고 깨달음 같은 것이 휙 지나갔다. 오래되었다는 것은 단순히 세월이 흘렀다는 것이 아니다. 그 안에는 행복, 슬픔, 인내, 고통, 번민, 새로움, 실패, 열정… 이 모든 것이 담겨 있어 우리는 오래된 것에서 미래를 배우고 공부할 수 있다. 얼마 전까지만 해도 똑같은 물건을 많이 만들어 더 많은 사람에게 더 많은 물건을 파는 것을 성공이라 했지만, 이제는 나만의 공간에서 내가 좋아하는 일을 하면서 내가 좋아하는 사람과 함께 나누는 삶을 꿈꾼다. 태초의 인간이 그러했던 것처럼.

아주아주 지쳐서 꼼짝도 하고 싶지 않은 저녁, 로로 하우스의 오래된 의자에 앉아서 머리를 자르고 싶다. 사각사각 머리가 잘려나가는 소리를 들으며 눈을 감고 있으면 오래된 사진 속의 아주 옛날 사람이 된 것처럼 평온해질 것 같다.

그림 수업

"고양이를 그리고 싶어요. 분홍색으로요. 눈은 초록색…."

"아, 네…."

"마일즈 데이비스를 그리고 싶어요. 트럼펫은 아주아주 과장해서 크게…."

"아, 네…."

"물병과 꽃과 털실을 그리고 싶어요. 색깔은 한 가지만 써서…."

"아, 네…."

순간순간, 논리도 없고 근거도 없는 나의 허황된 바람을 그냥 웃는 얼굴로 받아준다. 그녀는 물병자리. 인간적이고 배려심이 많아서 자신을 희생해 남을 도와주는… 나는 사수자리. 명랑, 쾌활, 무책임하고 어린아이 같은 성격으로

남의 기분 따위는 무시하는…으로 시작되는 사수자리의 특성을 완벽하게 갖추고 있다.
극과 극의 조합은 통하는 것일까. 어느덧 그녀의 화실에 그림을 그리러 다닌 지 5개월이 되어간다. 예쁘지도 않고 나이도 많고 고분고분하지도 않고 선생 입장에서는 진상 학생으로 분류될 법한 나를 무던하게 참아내고 있다. 3개월간 그린 다섯 점의 그림 중 가장 마음에 드는 분홍색 고양이는 그렇게 나의 변덕과 그녀의 인내로 탄생했다.
그림 그리기의 기본적인 법칙은 알지도 못하고 알고 싶지도 않고 해서 죄다 무시한 채 붓 가는 대로, 물감이 짜지는 대로 덕지덕지 바르다가 망치기 일보 직전에야 '좀 도와주시지…' 하는 눈길로 쳐다보면 '그럴 줄 알았어' 하는 표정으로 한마디 한다.
"선생님 마음 속에 들어가보고 싶어요. 도대체 무슨 생각을 하시는지…."
나도 그게 궁금하다. 도대체 무슨 생각을 하는 건지. 솔직히 말하면 아무 생각이 없다. 처음에는 어떻게 어떻게 그리자 하고 합의하지만 그것도 기본기가 있어야 되는 거다. 실력도 안 되고 마음도 안 된다. 한숨 나오게 하는 건 미안하지만 사실 그래봤자 그림이다. 그림을 잘못 그려봤자 망친 그림일 뿐이고 잘 그려봤자 대단할 것도 없다.
예컨대 광고를 잘못 만들어서 몇 십억, 몇 백억이 공중으로 날아가는 것도 아니다. 단지 취미일 뿐인 그림 그리기에 스트레스를 받을 게 뭐람. 대학에서 그림을 전공하고 직업 화가의 길을 꿈꾼 그녀는 그림을 완전히 남의 일로 탁

놓기가 쉽지 않을 것도 같다. 하지만 나로 말하자면 뒷걸음질 치다가 쥐 잡는다는 속담을 매우 좋아하는 사람이다. 장고 끝에 악수 둔다는 것도 매우 신뢰하는 격언 중에 하나다.

그러니 선생님, 너무 스트레스 받지 말고 놀멘놀멘, 쉬엄쉬엄 하시자고요.

재미있어서

퇴근길에 들른 양재 농협. 과일 코너로 가니 사과대추란 게 나와 있다. 길쭉하지 않고 동글동글, 색깔은 대추인데 모양은 사과다. 조그만 플라스틱 박스에 스무 알쯤 담겼을까. 8900원. 시식용 조각을 하나 먹어보니 대추 맛인데 아삭아삭 식감은 사과다. 재미있어서 한 통 카트에 집어넣고.
채소 코너로 가니 미니 오이란 게 나와 있다. 오이는 오이인데 미니 바나나 크기 정도다. 비닐봉지에 열 개 정도 담아놓고 2500원. 한 개 통째로 먹어보라고 해서 덥석 씹어보니 물렁하지 않고 아삭하다. 재미있어서 한 봉지 카트에 집어넣고.
버섯 코너로 가니 이벤트 매대에서 백화 버섯이란 걸 팔고 있다. 절대로 씻지 말고 휴지로 살짝 닦아내고 올리브오일에 볶아 먹으면 비타민D를 듬뿍 섭취할 수 있다고 똑같은 설명을 반복 반복. '아… 아저씨가 참 열심이시구나' 생각한다. 송이 맛도 나고 표고 맛도 나는데 열 개쯤에 1만2000원. 꽤 비싸지만 재미있어서 한 봉지 카트에 집어넣고.

유제품 코너에 가니 유자맛낫또라는 게 나와 있다. 코처럼 주욱 늘어지는 데다 쿰쿰하고 텁텁한 맛이 나서 남편은 싫다지만 몸에 좋으니까 꾸역꾸역 밥상에 올리는 나. 그런데 유자 소스를 넣어서 새콤상큼. 남편이 좋아하겠다. 네 개들이 한 봉에 출시 기념으로 하나 더 끼워서 1만 원. 재미있어서 한 봉지 카트에 집어넣고.

먹는 걸 고르는 데 재미있다라는 기준이 맞는지는 모르겠지만, 맞다 틀리다보다는 끌린다 끌리지 않는다는 기준으로 세상을 살아가는 나. 대추는 대추다워야 하고 오이는 오이다워야 한다고 생각하는 우리 남편 같은 사람은 재미있는 것, 새로운 것을 보면 정신 못 차리는 나랑 사는 게 참 힘들겠다는 생각을 한다.

폴과 쿤

폴은 골든리트리버
쿤은 잉글리시 쉽독
폴은 여덟 살
쿤은 두 살
폴은 이제 늙어가고
쿤은 이제 청춘이고
폴은 처음 보는 사람 옷에 침 묻히기를 좋아하고
쿤은 처음 보는 사람 엉덩이 물기를 좋아하고
폴은 자존심이 강하고
쿤은 애교가 많고

폴은 물 먹을 때 철벅철벅 소리를 내고
큰은 물 먹을 때 찰싹찰싹 소리를 내고
폴은 물속에 들어가기를 좋아하고
큰은 물이 발에 닿는 것도 싫어하고
폴은 골프공 물어오길 좋아하고
큰은 골프공 물어뜯기를 좋아하고
폴은 원래 시골 개였고
큰은 도시에서 살다가 시골 개가 되어버렸고
폴은 뒷다리가 짧아서 아줌마처럼 걷고
큰은 뒷다리가 길어서 발레리나처럼 걷고
폴은 충직하고
큰은 엉뚱하고

폴은 야외 테이블 밑 흙바닥에 드러눕기를 좋아하고
쿤은 중정 세이지 꽃 밑 돌바닥에 드러눕기를 좋아하고
폴은 고기랑 사과만 좋아하고
쿤은 호박 같은 야채도 좋아하고 허브 같은 풀 뜯어 먹는 것도 좋아하고
폴은 수놈이고
쿤도 수놈이고
폴은 그래서 외롭고
쿤도 그래서 외롭고
폴은 그래도 쿤이 있어서 괜찮고
쿤은 그래도 폴이 있어서 괜찮고

그렇게 폴과 쿤은 아스라한 가을 햇살 아래 나란히 누워
흘러가는 구름을 하염없이 바라보고 있다.

서생원 여러분, 통성명이나 하시지요

주말, 소파에 드러누워 리모컨을 돌리고 있으려니 뭐가 휙 하고 지나간다.

"뭐야?"

"그러게 뭐야?"

며칠 뒤 욕실 세면대 장의 문을 열었다가 으아악 기겁을 했다. 세면기 배수관 뒤 스티로폼이 잔뜩 뜯긴 채 구멍이 뻥 뚫려 있었다. 비누를 갉아먹었는지 포장이 뜯겨 있고 쥐똥이 수십 개 투척되어 있다. 아아악… 하지만 그건 쥐와의 공생을 시작하는 서막이었을 뿐이었다. 폼으로 구멍을 막고 소독을 하고 난리를 쳤지만 그 후로도 끊임없이 집 주위를 배회하는 용감한 쥐들을 목격해야 했다.

폴과 쿤의 사료가 놓여 있는 중정 앞 데크는 쥐들이 호시탐탐 도둑질을 하는 곳이다. 폴이 버젓이 누워 있는데도 녀석들은 뽀로로 들어와 사료를 한 알씩 훔쳐간다. 폴은 눈만 꿈뻑꿈뻑. '다 먹고살자고 하는 짓인데 어쩌겠어요' 하는 표정으로 딴전을 피운다. 기가 막힐 노릇이다. 고양이를 키워볼까 했지만 알레르기 때문에 힘들고, 이 동네 도둑고양이들은 먹다 남은 생선 가시만 날름 먹어치울 뿐 쥐는 나 몰라라 한다.

쥐들 입장에서는 억울하겠지만 어쩔 수 없이 대소탕 작전을 감행하기로 결정했다. 쥐약은 개들에게 불상사가 일어날 수 있는 관계로 남편이 무시무시하게 생긴 쥐덫과 찍찍이를 사왔다. 처음엔 녀석들이 좋아할 만한 음식물과 장소의 선택에 착오가 있었는지 번번이 녀석들이 승리를 거듭했지만 남편의 솜씨와 직감은 나날이 발전했고 승전보(?)가 속속 날아들었다.

처음엔 어리숙한 새끼들이 잡히더니 녀석들이 좋아하는 가장 쿰쿰한 치즈를 동원했더니 드디어 엄마 아빠로 보이는 꽤 통통한 놈들이 잡히기 시작했다. 하지만 이 전쟁이 온탕, 냉탕을 거듭하는 남북처럼 끝이 없다는 걸 인정하는데 그리 오랜 시간이 걸리지 않았다. 쥐, 거미, 지네, 나방, 깔따구, 거미, 개구리, 무당벌레, 진드기, 벌은 물론이고 대부분 다리가 많은 이름 모를 벌레들…. 시골에 살려면 이런 분들과 아침 인사도 해야 하고, 눈도 마주치고, 공생해야 한다는 걸 우리 부부는 수많은 임상 경험으로 깨달았다.

어젯밤, 퇴근하고 밥을 먹으려는데 천장이 시끄럽다. 우루루 우당탕탕 찍찍….

"뭐야? 또 들어왔나 봐."

"그러게 오늘 무슨 신나는 일이라도 있나?"

"누구 생일인가? 파티 분위긴데…."

쩝쩝, 찬밥을 된장국에 말아서 한술 떠넣으며 나누는 시시껄렁한 우리 부부의 대화. 밥을 먹고 설거지를 하고 있으려니 손거울을 달라는 남편은 천장에 올려놓은 쥐덫을 살펴볼 모양이다.

"잡혔어?"

"응. 큰 놈인데."

"아까 걔들이야?"

"글쎄. 통성명을 안 해서 모르지."

"그러게. 미안하네…."

서생원 여러분, 층간 소음 문제가 한창 시끄러운데, 미안하지만 그렇게 시끄럽게 뛰어다니시면 저희도 어쩔 수 없지요. 아니면 통성명이라도 하고 '식사하시는데 좀 실례하겠습니다.'라고 인사라도 하시던가.

행복하자。아프지 말고

작년 슈퍼스타케이에서 처음 들었던 노래 '양화대교'. 케이티라는 여자아이가 찔끔찔끔 울면서 푸념하듯이 노래할 때만 해도 참 젊은 애가 매가리도 없이 노래한다 그랬다. 그런데 요즘 이 노래가 좋아진다. 가사가 좋다. 너무 쉬운데 너무 와닿는다.

… 어린 날에 날 기억하네 엄마 아빠 누나
나는 막둥이 귀염둥이 기억하네
우리 행복하자 행복하자 아프지 말고 아프지 말고
행복하자 행복하자 아프지 말고 그래그래

내가 돈을 버네 돈을 다 버네 엄마 백원만 했었는데
우리 엄마 아빠도 강아지도 나를 바라보네
전화가 오네 내 어머니네 뚜루루루
우리 아들 잘 지내니
엄마 행복하자 행복하자 아프지 말고 좀 아프지 말고… (중략)

괜히 아들한테 카톡을 한다.
"밥 먹었니?"
"응. 엄마는?"
"먹었지. 아픈 데는 없고?"
"응. 엄마도 아픈 데 없지?"
"그럼. 밥 잘 챙겨 먹고 다녀라."
"응. 엄마도 ㅋ 화이팅!"
세상엔 그런 대화들이 있다. 아무리 해도 지나치지 않은 대화들. 밥 잘 먹고 아프지 않는 일 같은 것들. 그것이 얼마나 중요한지 문득문득 잊고 살아가는 것들. 어쩌면 밥 잘 먹고 아프지 않은 것을 인식하지 못할 만큼 아무 일도 없는 것이 좋을 수도 있지만, 세상에 그런 삶은 없으니까.
자, 오늘도 행복하자. 아프지 말고.

paul's Alley animal clinic

서울대학교 국제대학원
글로벌 협상·조정
최고위과정
Global
Negotiatio
Mediation
Program
HYUNDAI

JASCHA

벌써 겨울이네요

시골의 겨울은 도시보다 빨리 온다. 어둠의 밀도도 다르고 어둠의 속도도 다르다. 6시가 조금 지났는데도 벌써 캄캄해서 앞이 보이지 않는다. 서종IC를 지나면서부터는 구불구불한 강변 길. 집까지는 강변을 지나 계곡을 옆에 둔 채 10여 분을 더 달려야 한다.

처음 시골로 이사 왔을 때는 영화 〈살인의 추억〉이 자꾸 생각나서 라디오를 켜고 노래도 따라 부르고, 괜히 남편에게 전화를 걸어 '다 왔다'는 보고도 했다. 지금은 많이 익숙해졌지만 여전히 어둠 속에서 나타나는 헤드라이트가 무섭다. 혼자 달려도 무섭고, 내 앞에서 차가 와도 무섭고, 내 뒤에서 차가 따라붙어도 무섭다.

겨울은 밝을 때 집으로 돌아올 수 없으니 언제나 조금씩 어둠을 무서워하며 퇴근을 한다. 시골에서 자란 남편은 어둠을 무서워하는 나를 이해하지 못한다.

"뭐가 무서워?"

"캄캄하잖아."

"캄캄한데 왜 무서워?"

"캄캄하니까 무섭지."

"…."

생각해보면 캄캄하다는 건 막막하다는 것과 같은 기분이 아닐까. 아무도 없다는, 아무것도 할 수 없다는 그런 외롭기도 하고 쓸쓸하기도 한 막막함…. 이건 어쩌면 도시에서 나고 자란 인간들에게 주어진 벌인지도 모른다. 별이 쏟아질 것 같은 밤하늘을 쳐다볼 일도, 팅커벨처럼 어둠 속을 반짝하고 날아오르는 반딧불을 볼 일도, 캄캄한 숲 속에서 가끔 폴짝 하고 나타나는 고라니를 볼 일도 없으니까.

그래서 캄캄하다는 것을 혼자라는 것과 동의어로 생각하는 거다.

이제 겨울이 깊어지면 어둠도 함께 깊어지겠지. 겨울의 어두운 공기 속에서 맡는 냄새와 소리는 더 적막하고 그래서 더 선명하게 느낄 수 있다. 벽난로에서 타닥타닥 장작이 타는 소리, 향긋하면서도 매캐한 나무 냄새, 텅 하고 얼음이 갈라지는 날카로운 소리, 뒷산 어디선가 후두둑 하고 날아오르는 새들의 날개 소리. 잠이 오지 않는 겨울밤, 남편이 드립 커피를 내리는 소리.

다시 생각해보니 나는 어둠을 좋아하는지도 모르겠다. 그래서 그 어둠을 더 깊게 느낄 수 있어 겨울을 좋아하는지도 모르겠다.

너무 우기지 말자고요

요즘 대학에서 돌아다니는 유머 하나.

학사 – 자기 분야에선 모르는 게 없다고 생각한다.
석사 – 자신이 아는 것이 정말 아무것도 없었음을 알게 된다.
박사 – 나만 모른다고 생각했는데 남들도 모른다는 걸 깨닫는다.
교수 – 어차피 모르는 거 끝까지 우겨야겠다고 다짐한다.

웃고 넘어가기엔 너무 공감해서 가슴이 뜨끔.
요즘 우리 남편.

내가 뭐든 맞다고 우긴다며 불만이다.
적반하장도 유분수지.
내 생각엔 우리 남편이 뭐든 자기가 옳다고 우기는 것 같다.
둘 다 어디서 몰래 교수 자격증이라도 딴 건지, 원.

나이가 든다고 다 교수급이 되는 것도 아니고 요즘은 교수가 너무 많아서 어디 가서 명함도 못 내밀 지경이니 우리 부부라도 서로 얼굴 붉히며 우기지 말고 모르면 모르는 대로, 알면 아는 대로 아… 그럴 수도 있겠네 하고 스리슬쩍 넘어가주자고요.

따스한 눈빛 10만 원

백화점에 갔다가 지하 식품관이 온통 선물 매대로 바뀐 걸 보고 아… 추석이구나 했다. 그런데 가격이 만만치 않다. 한우세트라면 기본이 50만 원, 과일 바구니도 20만 원이 훌쩍 넘는다. 먹을 것이 흔해 빠진 세상인데 아직도 선물의 품목은 바뀌지 않고 가격만 천정부지로 올라간 느낌이다.

그러고 보니 예전 생각이 난다. 그땐 배달 시스템이 없었을 때다. 회사에서 한우세트가 명절 선물로 나왔다. 박스로 포장된 냉동 고기가 책상마다 한 박스씩 하사되었다. "와 한우다." 고기가 흔치 않던 시절이라 모두들 좋아했는데 문제는 드라이아이스도 없이 허술하게 포장된 박스였다.

퇴근할 즈음 이미 고기는 녹아서 핏물이 슬금슬금 새어나왔다. 저녁에 술 약속이라도 있는 직원은 남을 주어야 할 판이었다. 나는 얼른 집에 가야겠다 생각해서 부리나케 가방을 싸서 지하철로 뛰었다. 집까지는 40분. 도착할 즈음엔 결국 지하철 통로에 핏물이 질질 흘렀다. 그래도 "와~ 우리 딸이!" 하고 자랑스러워하시던 엄마 얼굴이 생각난다.

그다음 해에 나온 선물은 20킬로그램짜리 쌀 한 포대. 모두들 또다시 "와~" 했지만 저걸 어떻게 집으로 들고 가나 뜨악했다. 낑낑대며 집으로 겨우겨우 가져갔지만 역시 엄마는 이천 명품 쌀이라 밥맛이 다르다며 좋아하셨다. 하숙하던 동료 남자 직원은 하숙집 주인에게 드렸더니 그다음 날부터 달걀 프라이가 자기만 두 개씩 나온다며 좋아했던 기억이 지금도 새록새록하다.

그때는 그래도 먹을 것이 귀했고 선물도 귀해서 고마움도 훨씬 컸었다. 이젠 여간해서 '정말 감사합니다' 하는 마음이 전달되기 어려운 세상이다. 택배로 배달되는 흔해 빠진 물건 따위로는 감동을 전하기 힘들다.

따스한 눈빛 10만 원.

배꼽인사 5만 원.

달콤한 수다 15만 원.

어쩌면 그래서… 이런 것을 선물하는 세상이 올지도 모르겠다.

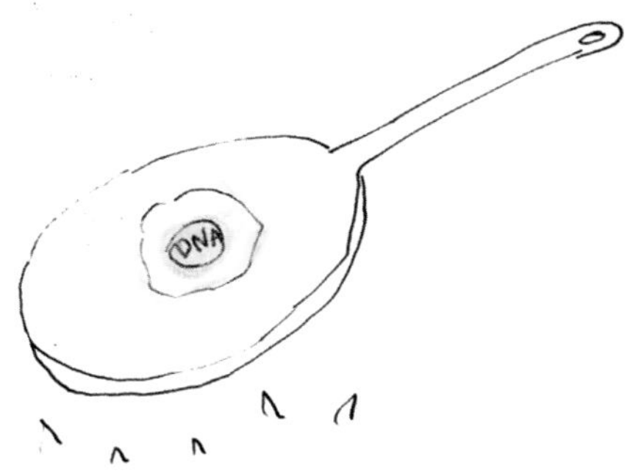

DNA 한 알 주세요

어젯밤에 본 다큐멘터리 〈넥스트 휴먼〉. 2050년이 되면 비타민이나 영양제를 먹는 것처럼 내 유전자를 조절하는 DNA 캡슐을 약국에서 사먹을지도 모른단다. 2050년이면 흠, 나는 88세. 과학적인 상상력이 젬병인 나로서는 그 세상에 무슨 일이 일어날지 상상할 수 없다. 의학이 나날이 발전해서 아프지 않고 곱게 살다가 적당한 나이에 곱게 죽는다면 그저 감사해야 할 일이겠지. 하지만 옛날 그리스 로마 신화에도 나오지만 신의 영역에 도전한 인간의 말로는 늘 험악했는데…. 자기 마음도 하나 추스르지 못하는 인간이 신의 영역인 유전자에 도전해서 불로장생의 약을 만든다고 설쳐대니 참 인생은 아이러니하다.

그런데 외국 방송 어디에서 사온 다큐멘터리인 줄 알았더니 KBS에서 만든 거다. 베르나르 베르베르를 섭외해서 스토리를 끌어가는 구성을 보면서 공영방송 KBS가 그런 도전을…. 내용도 수준도 상당하지만 그런 시도를 했다는 것만으로도 짝짝짝 박수를 쳐주고 싶다. 그런데 베르나르 베르베르는 출연료를 얼마나 불렀을까?
이런 것을 궁금해하는 나는 너무 속물적인가? 만일 DNA 알약을 팔면 약사인 조카에게 부탁해 싸게 구할 수 있으려나? 역시 나는 속물적인 인간인가?
잠이 오지 않는 밤, 지난번 병원에 갔을 때 비타민D가 부족하면 불면증의 원인이 된다고 의사가 빨간색 볼펜으로 별표를 쳐가며 겁을 줬었다. 이런 젠장, 그믐이라 칠흑같이 캄캄한데 데크에 대자로 누운 쿤은 꿈속에서 수영이라도 하는 건지 다리를 휘적거린다. 귀여운 녀석. 눈은 말똥말똥한데 벌써 새벽 3시 반이다. 그나저나 배가 고프다. 달걀 프라이라도 하나 부쳐 먹어야겠다.

글과 음악의 방정식

음악을 틀어놓고 글을 쓰면
그 음악의 리듬처럼 글이 써진다.

비트가 강한 음악을 틀어놓으면 하드코어식의 직선적인 글이
차분한 인디음악을 틀어놓으면 잔잔하고 담백한 글이
흐느적거리는 재즈를 틀어놓으면 섹시하게 글이 써진다.

그런데 이렇게 써야겠다 하고 욕심을 가지고 음악을 틀면
글은 딱딱하고 진부해진다.

그러니까 결국 음악 장난이 아니라 마음 장난이다.

모든 게 결국…
마음 장난이다.

조언이라는 것

아침에 뜬금없는 전화 한 통.

“XX 신문기자인데요. 출산을 앞두고 있는 여성들이 직장을 계속 다니는 게 좋을지 아니면 그만두는 게 좋을지 조언을 좀 부탁드립니다.”

내가 그 여인들의 엄마도 아니고 남편도 아니고 차라리 철학관에 물어보던지….

구시렁구시렁하면서도 최대한 상냥한 목소리로 “아~ 네, 글쎄요. 갑자기 질문하셔서…. 다들 개인 사정이 다른데 정답이 없죠. 호호호.”

“그래도 사회 선배로서 한 말씀, 데스크에서 꼭 받아야 한다고 하셔서….”

솔직하게 얘기하니 솔직하게 대답해주어야지.

“아, 두 가지 다 잘할 수는 없어요. 하나를 얻으면 하나를 잃고, 하나를 잃으면 하나를 얻는 거죠. 직장이냐 육아냐 한 가지만 선택해서 충실하고, 못한 것에 대한 미련이나 죄책감을 갖지 마세요. 누구 때문이라는 핑계도 대지 말고요. 만일 둘 다 해야겠으면 대충대충 하세요. 몸 버려요."

상대가 한참 조용하다. 너무 솔직했나. 지난번에 의사가 비타민D가 모자라면 톡톡 쏘아붙이고 독설을 퍼붓는다고 하더니만, 신참 기자인 것 같은데 미안합니다.

아들의 꿈

아들이 뮤지션이 되겠다고 버티면 부모 입장에서 반대를 해야 할까, 아니면 적극적으로 밀어줘야 할까? 요즘 한창 뜨고 있는 혁오가 배철수의 〈음악캠프〉에 나와서 그런다.

"네, 부모님이 많이 반대하셨죠. 나중에는 나를 설득해보라고 하시더라고요. 결국 설득은 못하고 그냥 버텼죠. 방송에서 뜨고 콘서트에 오신 아버지가 약간 울컥하셨는지 눈물을 흘리시더라고요."

"에이, 엄청 재미있는 스토리가 있다고 하더니 재미없잖아, 그냥 평범한 스토리네."

배철수는 재미없다고 했다. 그런데 이게 재미있고 없고의 문제는 아니지 않는가.

나는 남의 얘기 같지 않아서 운전하다 말고 울컥했다. 아들이 이제 졸업을 딱 한 학기 남겨놓았다. 다른 대부분의 대학생처럼 그냥 졸업하기가 겁이 나는지 휴학을 했다. 무엇을 직업으로 할 것인지조차 오리무중인 상태가 아니니 다행이라고 해야 하나. 도서관에 틀어박혀 자소서를 쓰며 여기저기 기업들을 기웃거리며 입사원서를 내고 있지 않으니 불행한 건 아니라고 해야 할까.

"음반 작업이 완성되면 제일 먼저 엄마 아빠한테 들려드릴게요."

덜컥 겁이 난다. 일렉트로닉 음악에는 깜깜 문외한인 우리가 판단할 능력도 없지만, 좋아도 걱정이고 만일 수준 이하면 녀석이 기가 죽을까 봐 더 걱정이다. 아들은 같이 음반 작업을 하는 선배와 함께 밤을 낮 삼아 작곡이라는 것을 하고 있다. 선배 부부가 함께 운영하는 바에서 서빙도 하고 칵테일도 만들면서 틈틈이 작업을 한단다. 새벽 4시쯤 잠을 자고 오후 늦게 일어나 밥은 배고플 때 몰아서 먹는다. 제때 자고 제때 먹어야지 그게 뭐냐며 잔소리를 하니 "엄마, 꼭 그래야 하는 법이 어디 있어. 먹고 싶을 때 먹고 자고 싶을 때 자는 게 더 건강에 좋대." 그게 무슨 씨나락 까먹는 소리얏 하고 버럭 하고 싶은데 꾹 참는다.

혼자밖에 없는 외동이라 마음 털어놓을 형제가 없는 것이 늘 마음에 걸렸는데 뜻이 맞는 선배와 함께 작업을 하니 그나마 안심은 된다. 요즘은 신인 뮤지션이 등장하는 무대라는 게 따로 없다. 직접 음반과 영상도 만들어 유튜브에 올리면 데뷔하는 거다. 반응은 즉각적이고 치열하며 세계적이다. 모르긴 해도 하루에도 수천 명의 뮤지션이 등장하고 쓰러질 것이다. 그 전쟁 같은 세계에 녀석은 도전장을 내겠단다.
꿈은 꾸기 위해 존재하는 것이라지만 그 꿈이 현실로 나왔을 때 그것이 생각만큼 화려하지도 멋지지도 않다는 것을 녀석이 잘 견뎌낼 수 있을까. 자식은 부모를 가르치기 위해 태어난다. 시쳇말로 지랄 총량의 법칙에 근거한다면, 녀석은 아직 그다지 말썽을 부리지 않은 무난한 아이였으니 내가 배울 것이 한참 남은 것 같다. 아들보다 내가 먼저 지치지 않도록 마음 단단히 먹어야겠다.

10개월째 요가 배우고 있는 몇 가지 이유

세상 일이 다 그렇지만 젊어서 하는 것이 좋은 게 있고 늙어서 하는 것이 좋은 게 있다. 운동은 누가 뭐래도 젊어서 하는 게 좋다. 이제 뜀박질이나 종주 산행 같은 건 엄두도 못내는 중고 기계가 되고 나니 더 젊었을 때 근육이 뭉텅뭉텅 생기는 운동 좀 할걸 하고 후회한다. 50이 넘으니 이제 헉헉대는 운동은 기운이 딸려서 못하겠다.

더구나 최근 들어 슬금슬금 살이 붙는다 싶더니 드디어는 체중계 눈금이 60을 찍는 걸 보고서야 정신이 번쩍. '어, 그렇다면 힘 안 드는 요가라도' 하는 심정으로 레슨을 끊었는데 벌써 9개월째다. 사실 설렁설렁 몇 개월 하다 슬그머니 끝나는 게 학원이란 건데, '와~ 나도 끈기가 대단한걸…' 내심 우쭐한 기분이 든다. 하지만 곰곰이 생각해보니 내가 대단해서가 아니라 1대1 개인 수업을 택한 것이 제대로 걸렸다. 1회에 15만 원이나 하는 레슨비를 겁도 없이 덜컥 20회를 몽땅 계산했을 때만 해도 내가 미쳤지 했다.
하지만 이 턱없이 비싼 레슨비가 9개월을 유지하게 하는 원동력이 되었다면 믿으려나. 땡땡이를 치고 싶다가도 너무 아까워서 도무지 빠질 수가 없다는 것. 그게 고도의 마케팅 전략인지, 강남의 물가가 널뛰기를 하는 건지 알 수 없지만 어쨌든 20회를 계속하게 된 이유 중 하나가 비싼 레슨비인 건 틀림이 없다.

요가 선생님이 예쁘다는 건 생각보다 중요하다. 사실, 뱃살이 두둑하거나 피부가 칙칙하거나 험악한 인상의 선생이 가르치는 요가가 먹힐 리가 없지 않은가. 내가 요가를 꾸준히 하게 된 데는 요가 선생님의 미모가 한몫을 했다.
"그 사람이 강남에서는 뜨르르해. 탤런트 누구누구도 그 선생한테 배우고, 시간이 날려나 모르겠네…." 하고 친구가 전화번호를 건넬 때만 해도 너무 유난을 떠는구나 했다. 하지만 딱 보자마자 탤런트 빰치는 미모에 일단 헉했다. 예쁜 여자들이란 자고로 얼굴만 예쁘다의 범주에서 벗어나기 어려운 법인데 유능하고 열성적이기까지 하다는 건 일단 무늬만 선생님이 아니라는 뜻이렷다. 역시 소문대로 보통내기가 아니었다.
"1년 하신 분들도 못하는 동작을 어쩌면 이렇게 잘하세요. 홈 케어를 열심히 해주시니 참 대단하세요. 하지만 너무 열심히 하면 오히려 독이 될 수 있어요. 잘 쉬는 것도 요가예요."

뭐든 빨리빨리, 뭐든 열심히 해야 한다는 강박증이 있는 나 같은 열심교도를 어떻게 다루어야 하는지 너무도 정확히 알고 있다. 원래 얼치기일수록 기교가 화려하고 고수들일수록 본질에 충실한 법인데 이 선생이 딱 그렇다. 요가 하면 떠올리기 마련인 팔다리를 배배 꼬는 동작은 가르치지 않는다. 아주 평범한 스트레칭 동작을 9개월째 가르치고 있는데 희한한 건 그 쉬운 동작들이 날이 갈수록 더 어려워진다는 것. 또 울퉁불퉁한 군살이 조금씩 정리되고 있다는 것. 선생의 이론대로라면 느슨하게 늘어져 있는 근육이 빡빡하게 조여들면서 부피가 줄어서 그렇단다.

"옷 갈아입을 때 전신거울을 매일 열심히 보세요. 두 달쯤 지나면 엉덩이가 탁 올라붙을 거예요."

처음엔 에이 설마 했다. 반신반의하면서도 팬티 바람으로 거울을 쳐다보았더니 언젠가부터 엉덩이가 탁은 아니어도 조금 올라붙은 듯하다. 워낙 하체비만인 체형이 어디 갈까만은 그래도 두부처럼 흐물흐물하던 근육에 탄력이 붙으니 슬금슬금 기분이 좋아진다. 옷장 깊숙이 넣어두었던 스키니 청바지도 꺼내 입어보고 미니스커트도 다시 옷걸이에 걸어둔다. 50이 지나도 여자는 여자다.

요가를 시작하게 된 이유 중 하나는 구부정한 자세를 고쳐야겠다는 생각 때문이었다. 고등학교 여자아이들이 다 그렇듯이 나도 여고 시절 가슴이 큰 것이 창피했다. 사실 가슴이 큰 게 아니라 살이 찌다 보니 가슴이 덩달아 커진

거였지만. 어쨌거나 그때 이후로 늘 등을 구부정하게 다녀서 아예 트레이드 마크가 되어버렸다. "100원짜리 떨어졌어?"라며 남편이 놀리는 건 그렇다 치고 등이 굽으니 소화도 안 되고 어깨도 아프다.
"등을 주욱 펴고 어깨는 내리고 목을 주욱 빼세요!"
처음엔 뼈와 근육이 따로 놀았지만 요가 수업 때마다 귀에 딱지가 앉도록 듣다 보니 어느새 불룩하던 등이 평평해지고 있다. 등이 펴지니 키도 커졌다. 나이 들면서 건강검진 때마다 조금씩 줄었는데 올해는 1센티미터가 컸다. "요가를 하다가 안 하면 한 달 만에 바로 원상 복귀될걸요." 조금만 느슨해지려해도 바로 이렇게 겁을 주는 선생님. 네, 알겠다고요. 휴~ 세상에 공짜로 생기는 건 없다.

요가복이라는 게 있다. 얼핏 생각하기에는 그냥 헐렁한 바지에 티셔츠를 입고 하면 되지, 유난을 떤다고 하겠지만 거기엔 꽤 그럴 만한 이유가 있다.
처음엔 나 역시 돈도 아깝고 딱 들러붙어서 울퉁불퉁한 군살이 다 삐져나오는 그 옷을 어떻게 입어 하고 쳐다보지도 않았다. 그런데 견물생심이라 요가센터 통로에 주욱 걸려 있는 알록달록한 요가복들이 자꾸 눈에 밟히는 것이다. "저건 뭐예요?" 하고 슬쩍 물어보니 기다렸다는 듯이 "그렇지 않아도 얘기하고 싶었는데 딱 붙는 옷을 입으면 훨씬 도움이 돼요. 자꾸 자기 몸을 봐야 자극도 되고 올바른 동작도 보이거든요." 한다.
흠, 좀 낚이는 기분이 들긴 했지만 한번 입어보니 이젠 벗을 수 없게 되었다.

늦게 배운 도둑질이 날 새는 줄 모른다더니 이젠 동네 마실 다닐 때도, 동네 산책할 때도 뻔뻔하게 딱 붙는 옷을 입고 돌아다닌다. 눈이 맞춰진 건지, 옷이 맞춰진 건지 모르지만 그렇게 어색하거나 밉지 않다. 이참에 처음 요가를 시작하신 분이나 살집이 좀 있으신 분들을 위한 팁 두 가지.
요가복은 유행을 타지 않으니 절대 백화점이나 요가센터에서 사지 마시길. 조금 발품을 팔아서 할인매장이나 매대에 누워 있는 것을 사도 전혀 문제가 없다. 또 하나, 요가복 전문 브랜드는 너무 비싸고 날씬한 사람들 위주의 디자인이라 오히려 불편하다. 일반 스포츠나 캐주얼 브랜드의 옷이 싸고 소재가 너무 짱짱하지 않아서 편하다. 팁이 되셨나요?

오히려。

배철수라는 브랜드

꾸준하고 성실하게.

아무리 세상이 개벽을 해도 이것보다 훌륭한 삶의 가치는 없나 보다. 얼마 전 한국 사람들이 가장 좋아하는 연예인을 뽑았는데 예쁘고 잘생긴 선남선녀를 제치고 유재석이 1등이란다. 늘 성실하고 한결같은 모습이 좋아서라는 이유로. 나에게 그런 존재를 꼽으라면 배철수. 유재석은 그럴 것 같은 사람이라서 좀 재미가 없다면 배철수는 그럴 것 같지 않은데 그런 사람이라서 매력적이다. 그는 방송 중에 퉁명스럽기 이를 데 없다. 예컨대 누군가가 남자친구 어쩌고 하면서 징징거리는 메시지를 보내면 "배철수의 〈음악캠프〉는 연애 상담 프로그램이 아닙니다." 하고는 딱 잘라 거절한다. 또 생방인가 녹방인가를 가지고 왈가왈부하면 그게 뭐가 중요하냐, 음악 프로그램이니 음악이 들을 만하냐 아니냐만 가지고 떠들어달라고 일축한다. 그래도 녹음 방송이 맞지 않느냐고 들이대면 "아니, 이런… 녹차를 먹으며 방송을 하던지 해야지, 원…." 하고서는 대답할 가치가 없다는 듯 그만의 방식으로 무시해버린다.

푸하하핫 통쾌하기 이를 데 없다. 마치 최근에 읽은 책 〈오베라는 남자〉의 성격 까칠하고 고약하지만, 실제로는 마음 약하기 이를 데 없는 '오베' 할아버지를 보는 기분이랄까. 배철수의 〈음악캠프〉를 들으며 퇴근한 지 어언 30년째다. 그도 나도 늙어가고 있고 그도 나도 똑같은 직업으로 똑같은 일상을 반복하고 있다.

다른 점이라면 그는 유명 인사고 나는 유명 인사가 아니라는 점. 그는 MBC만 30년 넘게 다니고 있지만 나는 회사를 여섯 번이나 옮겼다는 점. 그는 휴가 때의 일주일을 빼고는 무조건 6시에 자리를 지키지만 나는 수시로 땡땡이를 친다는 점. 어쨌거나 '성실'이라는 측면에서 그는 나보다 한 수 위다.

자유의 대명사인 록밴드의 리더가 어떻게 30년 넘게 똑같은 방송의 디스크 재키를 할 수 있는지. 이건 〈기네스북〉 기록감이 아닌가. 그는 요즘 어떻게 은퇴를 할 것인가가 고민이란다. 아니 10년도 넘게 고민하고 있단다. 그럴 만도 하지. 그도 인간이니까. 기계처럼 방송국을 왔다 갔다 하는 일이 진력이 날 만도 하다.

더구나 정년이 정해져 있는 직업이 아니니 본인 스스로 정년을 정해야 하는 것은 정말 고통일 것이다. 나도 그처럼 10년 넘게 어떻게 광고라는 일을 그만둘 것인가 끊임없이 고민해온 사람이라 백 번 공감한다.

인생이란 게 내 맘대로 되나, 다 때가 있는 거지…라는 핑계를 대며 누군가가 등 떠밀어주기를 바라며(하지만 마음속으로는 절대 그런 일이 일어나지 않기를 바라며) 비겁하게 한 해 한 해 연장해왔다. 하지만 이제 그 시기가 언제여야 하는지 답을 찾아가고 있다. 그것은 바로 열정이 사그라질 때다. 몸이 따라간다 해도 열정이 따라주지 않으면 그 일은 그만두어야 한다.

배철수, 그의 열정의 온도가 얼마인지 나는 모른다. 하지만 디스크 재키로서의 자존심이 퍼렇게 유지되고 있는 걸 보면 아직 은퇴는 아닌 것 같다. 그가 예능 같은 우스갯거리로 전락하지 않고, 자신의 길을 뚜벅뚜벅 갈 수 있기를 바란다. 열정이 다하는 날, 스스로 멋있게 은퇴를 결정하는 그런 방송인이 우리나라에도 한 사람 있었으면 좋겠다.

아는 지인

최근 마케팅에서 최고로 치는 홍보 수단은 '아는 지인'들의 추천이다. 이제 광고주들은 무차별적으로 쏟아붓는 TV 같은 대중매체를 선호하지 않는다. 대신 SNS나 유튜브 같은 1인 매체로 눈을 돌리고 이들의 구전 효과를 얻는 데 총력을 기울인다. 오히려 공은 소비자에게 넘어왔다. 아는 지인들의 추천이 진짜인지 아닌지 분간해야 하는 숙제가 주어진 것. 당근 우리 부부 같은 컴맹들은 풀 수 없는 숙제다.

다행히 영화에서만큼은 절대적으로 신뢰할 수 있는 지인이 있다. 바로 아들. 영화 평론가들이 1년에 거의 500편의 영화를 본다는데 녀석은 300편 정도를 섭렵하니 가히 전문가의 추천이라 할 수 있다.

사실, TV나 라디오 같은 대중매체는 전혀 보지 않고 오타쿠가 아닌가 할 정도로 영화만 봐서 내심 걱정이었는데, 이렇게 도움이 될 줄이야. 물론 처음부터 녀석의 추천이 좋았던 건 아니다. 너무 하드코어적이거나 SF적이거나 너무 멀멀하거나 했는데 최근 들어서는 녀석의 영화적 수준이 상당하다. 아마 군대도 갔다 오고 연애도 해보고 실연도 해보면서 삶에 대한 통찰력이 생겼는지도 모른다.

최근에 골라준 영화 〈대학살의 신〉은 정말 대박이다. 엄청나지 않아서 엄청난 영화랄까. 극적인 반전이나 블록버스터적인 볼거리는 없지만 한 시간 동안 어머머머를 연발하다가 어이없이 끝난다. 그 허무함과 어처구니없음에 한참 동안 넋을 놓게 만든다.

영화의 스토리는 너무 단순하다. 자식들의 싸움 때문에 만난 두 부부의 몇 시간 동안의 대화가 전부다. 거실과 화장실, 복도가 전부인 공간은 마치 연극무대를 연상시킨다. 물론 케이트 윈슬렛, 조디 포스터, 크리스토프 왈츠, 존 C.라일리 대단한 네 명의 연기력이 받쳐주긴 했지만 잘난 척, 있는 척, 고상한 척하는 인간들이 한 꺼풀만 벗기면 얼마나 속물적이고 한심한지 단숨에 적나라하게 보여준다.

약간 또라이적인 영화를 좋아하는 엄마 아빠의 취향을 고려했을지도 모르지만 상대방의 성향을 잘 안다는 것 또한 '아는 지인'으로서 훌륭한 자격 요건이다. 영화 보기 가장 좋은 시간인 금요일 저녁, 녀석에게 카톡을 날린다.

"윤아, 잼나는 영화 좀 추천해."

"음… 〈천사를 위한 위스키〉 볼 만하던데."

"〈나이트 크롤러〉도 괜찮고…."

"지난번에 올레에 영화 목록 저장해놨어. 들어가보세요."

피를 나눈 '아는 지인'은 의견을 무시했다가 마음 상할까 봐 눈치 볼 필요도 없고 기브앤테이크의 대가도 필요 없다. 아들이라는 지인, 꽤 쓸 만하다.

아들이라는 지인의 추천 영화 50

왠지 안 끌리지만 막상 보면 후회 없는 영화	타인의 삶(The Lives Of Others, 2006) 트래쉬(Trash, 2014) 시대정신(Zeitgeist, 2007) 맨 프럼 어스(The Man From Earth, 2007) 내 이름은 칸(My Name Is Khan, 2010) 플레이스 비욘드 더 파인즈(The Place Beyond the Pines, 2013) 리스본행 야간열차(Night Train to Lisbon, 2013) 그 남자는 거기 없었다(The Man Who Wasn't There, 2001) 블루 재스민(Blue Jasmine, 2013) 부에노스 아이레스에서 사랑에 빠질 확률(Sidewalls, 2011) 그렇게 아버지가 된다(Like Father, Like Son, 2013) 미스 리틀 선샤인(Little Miss Sunshine, 2006) 어린왕자(The Little Prince, 2015)
스토리와 연기로 압도하는 영화	필스(Filth, 2013) 헤드헌터(Headhunters, 2011) 가지니(Ghajini, 2008) 타임 패러독스(Predestination, 2014) 트레인스포팅(Trainspotting, 1996) 파라다이스 로스트 : 마약 카르텔의 왕(Paradise Lost, 2014) 록 스탁 앤 투 스모킹 배럴즈(Lock, Stock And Two Smoking Barrels, 1998) 나이트 크롤러(Nightcrawler, 2014) 팅커 테일러 솔저 스파이(Tinker Tailor Soldier Spy, 2011) 아메리칸 허슬(American Hustle, 2013) 스내치(Snatch, 2000)

가볍지만 남는 영화

세인트 빈센트(St. Vincent, 2014)
컬러풀 웨딩즈(Serial Bad Weddings, 2014)
미라클 벨리에(The Belier Family, 2014)
스위트 레인 - 사신의 정도(Sweet Rain 死神の精度, 2008)

최고의 음악 영화

매그놀리아(Magnolia, 1999)
서칭 포 슈가맨(Searching for Sugar Man, 2011)
벨벳 골드마인(Velvet Goldmine, 1998)
사운드 오브 노이즈(Sound Of Noise, 2010)
레이(Ray, 2004)
부에나 비스타 소셜 클럽(Buena Vista Social Club, 1999)
헤드윅(Hedwig And The Angry Inch, 2000)
프랭크(Frank, 2014)
마담 프루스트의 비밀정원(Attila Marcel, 2013)
어크로스 더 유니버스(Across The Universe, 2007)
밴디트(Bandits, 1997)
인사이드 르윈(Inside Llewyn Davis, 2013)
테네이셔스 D(Tenacious D In The Pick Of Destiny, 2006)

최고의 시리즈 영화

엘리트 스쿼드 1, 2(The Elite Squad, 2007 - 2010)
오션스 시리즈(Ocean's Eleven, 2001 - 2007)
본 시리즈(The Bourne Series, 2002 - 2016)
아웃 레이지(Outrage, 2010 - 2012)

영상도 좋은데 내용까지 좋은 영화

유스(Youth, 2015)
파이트 클럽(Fight Club, 1999)
라이프 오브 파이(Life of Pi, 2012)
우먼 인 골드(Woman in Gold, 2015)
일대종사(The Grandmaster, 2013)
시카리오 : 암살자의 도시(Sicario, 2015)
베스트 오퍼(The Best Offer, 2013)
미스 줄리(Miss Julie, 2014)
칠드런 오브 맨(Children Of Men, 2006)
바스터즈 : 거친 녀석들(Inglourious Basterds, 2009)
러시 : 더 라이벌(Rush, 2013)
킹스 스피치(The King's Speech, 2010)
프레스티지(The Prestige, 2006)

아들이라는 지인의 추천 음악 80

Alternative

Happy – Marina and The Diamonds
Don't Wanna Fight – Alabama Shakes
Everglow – Coldplay
2Heads – Coleman Hell
Cecilia and the Satellite – Andrew McMahon
Long Way Down – Robert DeLong
Stressed Out – twenty one pilots
Shut Up and Dance – Walk The Moon
Way Down We Go – Kaleo
Wings – Birdy

Dance /
Electronic

Heading Home(feat. Josef Salvat) – Gryffin
Revolution(feat. Faustix, ImanoS & Kai) – Diplo
You & Me(feat. Eliza Doolittle) [Flume Remix] – Flume
Something About You(ODESZA Remix) – Hayden James
The Night – HONNE
Stole the Show(feat. Parson James) – Kygo
Sexual Healing(Kygo Remix) – Marvin Gaye
How Many Loves – Naomi
Feeling Good – Avicii
Praise You – Fatboy Slim
No Diggity vs. Thrift Shop – Ed Sheeran & Passenger(Kygo Remix)
The Cops – Vanic X K.Flay
My Pet Coelacanth – deadmau5
Old Thing Back(feat. Ja Rule and Ralph Tresvant)
You Know You Like It – DJ Snake & AlunaGeorge

Singer /
Songwriter

Come Pick Me Up – Ryan Adams
Bloodsport – Raleigh Ritchie
She Keeps Me Warm – Mary Lambert
Oh My Sweet Carolina – Ryan Adams
Bad Blood – Ryan Adams
Times Like These – The Eden Project
Best Friend – Misty Miller

Rock / Blues

Maybe Tomorrow – Stereophonics
Crime Scene – Jarekus Singleton
Only Happy When It Rains – Garbage
Ca Plane Pour Moi – Plastic Bertrand
You Can't Always Get What You Want – The Rolling Stones
The Sun Is Shining Down – JJ Grey & Mofro
Dom Andra – Kent
Walk On The Wild Side – Lou Reed
Dream a Little Dream of Me(With Introduction) – The Mamas & The Papas
Hoppipolla – Sigur Ros
Four to the Floor – Starsailor
Two Princes – Spin Doctors
Hook – Blues Traveler
Pictures of You – The Cure
Walk On – U2
Pale Blue Eyes – The Velvet Underground
Start Anew – Beady Eye
Heart of Gold – Neil Young

Pop / R&B

Sexual Healing – Marvin Gaye M. Gaye, O. Brown, Jr. & D. Ritz
Ain't No Mountain High Enough – Marvin Gaye & Tammi Terrell
Here – Alessia Cara
Young Blood – Bea Miller
Blind – Hurts
Lights – Hurts

Only Love Can Hurt Like This – Paloma Faith
Lush Life – Zara Larsson
Some Peace Of Mind – Van Morrison,Bobby Womack
It Ain't Over 'Til It's Over – Lenny Kravitz

Soundtrack

Wise Up – Aimee Mann
Where Is My Mind? – Pixies
Starman(2012 Remastered Version) – David Bowie
This Guy's in Love with You – Herb Alpert & The Tijuana Brass
Mondo Bongo – Joe Strummer & The Mescaleros
True to Your Heart(Soundtrack Version) – 98Degrees & Stevie Wonder
Cat People(Putting Out Fire) – Giorgio Moroder & David Bowie
Love Stinks – The J. Geils Band
Crucify Your Mind – Rodriguez
I Wonder – Rodriguez
Wonderboy – Tenacious D
Mean Ol' Moon – Amanda Seyfried
Home Sweet Home – Mötley Crüe
Step Out – José González
Midnight Radio – Hedwig and the Angry Inch
Bang Bang(My Baby Shot Me Down) – Nancy Sinatra
Hallelujah – Rufus Wainwright
Catch Me – Bandits
Rock the Boat – The Hues Corporation
Hold On, I'm Coming – Sam & Dave
Old Man – Neil Young

잘 못하는 열 가지

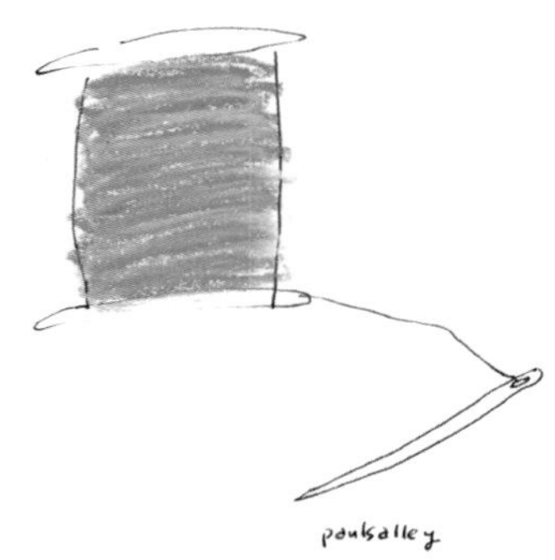

'인간은 잘하는 한 가지보다 잘하지 못하는 열 가지를 열심히 하느라 인생을 허비한다.' 듣자마자 가슴이 심하게 찔리는 명언이긴 하다.

그런데 참 희한하게도 잘하는 한 가지보다 잘 못하는 열 가지에 마음이 끌리는 게 인간이다. 나도 마찬가지. 평생 글 쓰는 일을 해왔고 글 잘 쓴다는 얘기도 늘상 듣는데 이상하게 손으로 꼼지락꼼지락 무엇인가를 만들 때가 훨씬 더 행복하다. 또 누군가가 지나가는 소리로라도 잘한다고 툭 던지면 기분이 날아간다. '아마추어치고는'이라는 의미가 괄호 속에 들어 있음에도 불구하고 '엄청나게'로 확대 해석해서 '업'으로 바꾸려는 터무니없는 헛꿈을 꾸기도 한다.

하지만 생각해보면 잘하는 한 가지보다 잘 못하는 열 가지가 나를 지탱해오지 않았을까 생각한다. 광고를 더 잘 만들어야 한다는 엄청난 스트레스를 뭔가를 끊임없이 만들어대면서 풀었던 것 같다. 이젠 슬슬 은퇴를 생각할 나이가 다가오니 더더욱 그 잘 못하는 열 가지를 외면하지 않고 끊임없이 한눈을 팔았던 것이 남아 있는 인생의 밑천이 된 것 같다.

뜨개질을 하고
그림을 그리고
재봉틀을 돌리고
미니 베틀로 천을 짜고
나는 분명 전생에
주인마님께 잔소리깨나 들었을 것 같은 침방 아낙이었을 것이다.

하지만 이제 50이 넘은 나이에 '무엇이 되자'라는 것에 목표를 둘 필요가 없으니, 이제 그 재주를 마음껏 써먹을 수 있다. 잘하려고 애쓰지 않아도 되니까 마음을 비울 수 있어서 좋다. 이번 여름휴가 내내 붙잡고 씨름했던 오리주둥이 원숭이를 완성했다. 얼굴이 약간 기우뚱하고, 다리가 너무 뚱뚱한 것 같기도 하지만 그러면 어때. 어차피 잘 못하는 열 가지 재주로 만든 것인데 잘 못하는 게 당연하고 그래서 더 짠하고 예쁘다.

예컨대 재봉틀 같은 걸 살 땐

도구라는 걸 살 때 두 가지 타입의 사람이 있다. 비싸면 "그걸로 주세요." 하는 사람과 비싸면 슬그머니 내려놓는 사람. 내 경우가 전자라면 남편은 비싸면 일단 '다음에'라고 하는 편이다. 재봉틀도 예외는 아니다. 바늘에 실을 꺼서 빙빙 돌아가면 드르륵 박히는 아주 간단한 원리의 그 기계의 가격도 천차만별. 그럭저럭 괜찮은 재봉틀을 사려면 대략 30만 원이 필요하다. 그런데 내가 가지고 있는 버니나라는 좀 이상한 이름의 영국산 재봉틀은 250만 원이다.
대단한 작업도 하지 않는 주제에 이토록 비싼 기계를 덜컥 사게 된 배경은 잔고장이 나지 않는다는 단순한 이유다. 퀼트 선생의 권유도 있었지만, 아니 조금 더 솔직히 얘기하면 일단 비싸면 좋은 물건인 줄 아는 나의 무식함과 '나

이런 재봉틀 가지고 있거든…'이라며 자랑하고 싶은 속물적인 허영심의 합작품이다.
요즘 들어 너도 나도 바느질이 다시 유행인 걸 보니 괜히 비싼 거를 샀다는 생각이 울컥울컥 든다. 설명서도 한글로 친절하게 잘되어 있고, 무료 강습 쿠폰 같은 것도 붙어 있어서 굳이 돈 들여서 재봉질을 배우지 않아도 된다. 영어로 된 팸플릿을 해석하느라 낑낑대며 애를 써야 되고, 대리점이 전국에 한두 개뿐이어서 뭔가 물어보기도 미안한 버니나에 비하면 서비스도 좋다.
싼 게 비지떡이라고 했던 옛말이 정말 옛말이 된 세상이다. 어디서나 후기를 읽어볼 수 있고 레퍼런스가 난무하는 세상이라 비싸지 않아도 좋은 물건을 찾을 수 있다. 이젠 비싼 물건을 샀다고 좋아할 만큼 유치한 나이도 아니다. 요즘 들어 생긴 나만의 철칙 하나는 전자나 가전 기기를 살 때만큼은 꼭 필요한 기능만 있는 합리적인 가격의 물건을 고르는 것. 며칠만 지나도 금방 기술이 업그레이드된 신제품이 뚝딱 나오는 세상이니 싼 걸 사야 적당히 쓰고 또 새로운 걸 살 수 있다.

그러나저러나 이미 사버린 버니나는 어떻게 할 것인가? 책상 옆에 고이 모셔놓고 만만한 브라더 미싱을 하나 더? 하는 마음이 굴뚝같지만 아직은 죄책감이 심하다. 요즘 아반떼 광고의 콘셉트인 '슈퍼 노멀. 최선을 다해 보통이 되라. 누구나 특별한 걸 누릴 수 있도록…'. 이런 철학은 정말 멋지다. 정말 그런 제품인가 아닌가는 그다음 문제다. 자꾸 그 길로 가다 보면, 지향하다 보면 언젠가는 다다를 테니까. 재봉틀 하나에 웬 개똥철학? 할 수도 있지만 버니나 같은 비싼 물건을 사서 제대로 쓰지 못하다 보면 이런 생각을 하게 된다. 혹시 '슈퍼 노멀'이란 멋진 화두를 생각해낸 사람도 비싼 재봉틀 같은 것을 샀다가 번뜩 생각이 떠올랐던 건 아닐까.

미안합니다

새벽 5시 10분. 잠이 덜 깬 채 일어나 요가를 하고 있는데 폴과 쿤에게 밥을 주러 오시는 어머니의 슬리퍼 소리가 들린다.
"어여 밥 먹어라. 너무 더워서 그러냐? 왜 밥을 굶어…."
괜히 한마디 하시며 마당에서 잘 자고 있는 아이들을 지팡이로 몰아서 데크로 끌고 들어오신다. 이제는 잘 들리지도 잘 보이지도 않는 어머니. 자식 농사 그럭저럭 잘 지으셔서 별 걱정이 없으신 어머니. 그래서 개들이 밥을 안 먹는 게 가장 큰 걱정이신 아흔네 살의 어머니. 녀석들은 딴청을 피우는데 코앞에 밥그릇을 놓고 지키고 앉아 있는 모습이 답답해서 한마디 한다.
"어머니, 그냥 놔두세요. 먹고 싶으면 먹겠죠."

"개들이 굶는데 걱정도 안 되냐?"

"지들이 뭐하는 게 있다고, 밥이나 축내지…." 하다가 문득 "내가 할 수 있는 게 뭐 있냐. 밥이나 축내지."라고 입버릇처럼 말하는 어머니 말씀이 생각나 입을 다문다.

개들은 그냥 곁에 있다는 것만으로 충분하다. 그것만으로도 충분히 할 일을 다 하는 존재인데 사람은 어떤가? 나는 그냥 곁에 있기만 해도 든든하고 행복해지는 그런 사람인가? 그렇게 늙어가기 위해 무엇을 해야 할까? 몸이 좋아지기 위해 열심히 요가를 하면 뭐하나, 생각은 밑바닥인데…. 이래저래 미안한 생각이 많아지는 아침이다.

샐러드 놀이

"샐러드 레시피 좀 줘." 인스타그램에 사진을 올리면 카톡이 날아온다.
"내 맘대로 샐러드에 레시피가 어디 있어. 야채랑 과일 마구 때려 넣으면 되지." 나의 대답에 모두들 '잘난 척은~' 하는 눈치다. 친구들 사이에서 언젠가부터 '혜경이=샐러드'라는 공식이 설정되었다. 건강강박증이 부른 의도치 않은 결과랄까. 주말 아침마다 해먹다 보니 나름 나만의 공식이 생겼다. 샐러드를 그럴듯하게 만드는 나만의 비밀병기 중 하나는 자몽. 새콤한 것을 좋아하는 남편 때문에 신맛이 나는 과일을 찾다가 발견한 자몽. 처음엔 오렌지나 귤도 써보았지만 너무 달아서 야채와 따로 노는 느낌이랄까. 자몽은 달콤, 새콤, 쌉싸름해서 루콜라나 로메인 혹은 어린잎 야채 같은 푸른 잎과 어울려 신선한 맛을 배가시킨다. 또 하나는 오미자 효소.
친구들은 소스가 맛있다며 레시피를 달라고 하지만, 사실 올리브오일과 발사믹 식초 그리고 오미자 효소 세 가지를 쓸 뿐이다. 올리브오일과 발사믹 식초는 샐러드 요리의 핵심이니까 비싸더라도 최상급을 쓴다. 물론 백화점 세일 때를 이용하는 잔머리를 써야 한다. 오미자 효소는 매실 효소보다 맛이 한 수 위. 뭔가 고급스럽고 오묘한 맛이 난다. 단맛을 위해 꿀이나 설탕을 쓰는 레시피가 많지만 오미자 효소 정도면 충분하다.
오미자 효소 하면 뭔가 거창해 보이지만 사실 인터넷에 너무 간단한 레시피가 주르륵이다. 오미자가 나오는 철인 5월 즈음에 농장에 10킬로그램쯤 주문해서 설탕에 재워놓고 잊어버리면 몇 년간 샐러드 소스로 쓸 수 있다. 무슨 드레싱, 무슨 드레싱 많기도 하지만 그건 요리사의 가짓수 늘리기 버전이다. 내 경험으로는 최대한 재료의 본래 맛을 살리는 게 답이다.
사실 툭하면 샐러드를 만드는 건 야채집착증도 있지만 색깔 놀이를 할 수 있기 때문이다. 마치 팔레트에 물감을 하나하나 짜놓는 것처럼 초록을 베이스로 빨강, 노랑, 하양, 검정, 주홍, 보라… 모든 색깔을 배합할 수 있다. 실이나 천을 색색별로 사들여 패치워크를 하는 것과 같은 이치랄까. 한 번에 한 가지밖에 하지 못하는 남자들과 달리 여자들은 멀티플레이가 가능하다. 이 색깔 저 색깔 끼워 맞추기를 좋아하고, 오늘 저녁 반찬과 오늘 할 프레젠테이션을 동시에 생각하면서 해결해 나가는 걸 보면 우생학적으로 남자들보다 여자들이 더 진화한 동물인지도 모른다.

나는 엄마니까

"폴 매카트니도 악보를 볼 줄 몰라 엄마."

니가 음대를 나온 것도 아니고 니가 음악에 천재적인 재능이 있는 것도 아니고….

이런 잔소리가 시작될 조짐이 보이면 꺼내는 아들 녀석의 무기다. '그건 폴 매카트니잖아' 하면서 소리 지르고 싶은 걸 꾹 참고 "그래, 요즘 세상에 뭔가 몰입할 수 있는 게 있어서 다행이긴 한데…." 하는 말에 기다렸다는 듯 녀석이 말허리를 뚝 자른다.

"내가 돈 많이 벌게, 엄마."

흠, 속마음이 들킨 듯해서 이럴 땐 어떤 반응을 보여야 하는 건가 잠시 생각

To. Father

하는 사이 녀석은 더욱 결의에 차서 한술 더 뜬다.

"아빠한테 마세라티 사줄 거야. 엄마."

이걸 좋아해야 하는가, 말아야 하는가. 학교에서는 왜 아들과의 대화법을 가르쳐주지 않는 걸까. 회사 후배들이 진로 상담을 하면 조언이랍시고 잘도 떠드는데 아들과의 대화에서는 객관성이라는 것이 도무지 유지되지 않는다. 아마 녀석도 마찬가지일 것이다. 녀석도 이런 식의 대화가 썩 마음에 들지는 않을 것이다. 다른 사람과 자신의 미래에 대해 얘기한다면 이렇게 노골적인 내용이 아니라 뭔가 조금 더 고상하고 생각 있는 화법을 썼을 것이다.

어쨌든 한번도 이렇게 음악으로 돈을 벌겠다는 식의 현실적인 말을 한 적이 없는 녀석이기에 조금 더 자신의 꿈에 대해 확신이 생긴 것 같아서 다행이라고 위안한다. 생각해보면 나는 광고를 30년 넘게 하면서도 늘 나와는 잘 맞지 않는 옷을 입은 것 같아서 가끔 행복하기도 했지만 대부분 힘들고 외로웠던 것 같다. 그러니 흐릿하지만 꿈을 좇아가고 있는 녀석을 응원해야 하는지도 모른다.

'천재는 남과 다른 재능을 갖고 있다. 그 재능은 참고 견디는 것이다.'

어쩌면 녀석은 천재가 아니기에 더 많이 참고 더 견디는 시간이 필요할 것이다. 그 시간을 함께 견디고 조용히 지켜봐주는 사람은 부모밖에 없다. 이렇게 써놓고 나니 괜히 마음이 울컥한다. 잘나지는 못했지만 나는 부모니까. 녀석의 음악을 위해 으샤 힘을 내야지.

그냥 여행

하이에나가 사람보다 빨리 달릴 수 있는 건 목표를 세우지 않기 때문이란다. '여기서부터 저기까지' 혹은 '시속 몇 미터 이상' 같은 목표를 세우지 않기 때문에 달리는 그 자체에 몰입할 수 있다는 말이다. 하긴 하이에나가 '왜 달려야 하지?' '어떻게 달려야 하나?' 같은 쓸데없는 생각은 하지 않을 테니, 상당히 고개를 끄덕이게 하는 부분이 있다.
여행도 똑같다. 무엇을 꼭 보자, 무엇을 꼭 먹자 같은 목표를 세우면 여행이 아니라 관광이 된다. 그렇다고 올레처럼 걷기만 하는 고행 여행 또한 이 나이엔 버겁다. 올해에는 혜경이 부부와 함께 제주도로 '그냥' 여행을 가기로 했다. '그냥' 여행의 친구는 게으를수록 좋은 법. 새벽같이 일어나 일출을 보자는 둥 하면 곤란하다. 죽이 척척 맞는 게으른 친구 부부와 함께라면 눈곱도 떼지 않고 파자마 수준의 옷을 대충 걸친 채 미술관이나 카페를 돌아다니는 만행(?)을 저지를 수 있다.
거기다 끼니를 걸러가며 여행하자는 사람은 딱 질색이니까. 혜경이 부부라면 맛있는 것을 찾는 데 목숨을 걸 수도 있다. 이번 여행에서 목숨 걸고 찾았던 음식 두 가지. 하나는 오븐에 살짝 구운 제주 보리빵에 바질 페스토를 발라서 먹는 것으로 제주와 이탈리아의 콜라보레이션(?)이랄까. 매우 이국적인 맛이다. 또 하나는 겡이죽. 게를 통째로 갈아서 만든 죽으로 1년 내내 칼슘을 먹을 필요가 없다는 전설이 있단다. 다행히 남편이 비리다며 반도 먹지 않는 바람에 다 내 차지가 되었다.
"그런데 왜 맨날 제주도야?"라고 하면 글쎄. 그 동글납작한 오름 때문인가. 아, 그러고 보니 김영갑 작가가 왜 그렇게 오름만 찍었는지, 왜 제주에 미칠 수밖에 없었는지 알 것도 같다. 제주도는 목적 없이 발길 가는 대로 그냥 여행을 다녀도 왜 내가 이 따위 길을 걷고 있는 거지… 하는 마음이 들지 않는다. 똑같은 돌인데 오늘 다르고 내일 다르다. 제주의 바람이 그렇게 만드는지, 제주의 햇빛이 그렇게 만드는지 설명할 길은 없다.
올해는 그냥 여행을 다녀왔으니 일주일짜리 인생을 6개월쯤은 버틸 수 있을 것 같다. 6개월 뒤엔 또 다른 그냥 여행을 가면 된다. 자, 6개월만 버티자.

이번 플리마켓엔 폴의 골목 스타일 앞치마

여섯 번째 리버마켓.
플리마켓도 장사이니 고객의 니즈를 파악해야 한다고?
흥, 그런 건 회사에서나 하는 거다.
늘 그렇듯 팔릴 것이 아니라 팔고 싶은 것을 만든다.
밤새 에이프런 아홉 개를 뚝딱뚝딱 만들어 강변으로 나갔다.

새벽 4시까지 재봉틀을 돌리고 있으려니
90년대 운동권 노래가 생각난다.
'빨간 꽃 노란 꽃 꽃밭 가득 피어도

미싱은 잘도 돌고 돌아가네.'
도대체 이걸 얼마를 받아야 본전이 되는 걸까?
이런 생각을 하면서도
또르륵 또르륵 천이 박아져
예쁜 앞치마가 되는 게 마냥 신기하고 재미있다.
만드는 나도 간단하고 입는 사람도 간단한,
하지만 주머니 위에 행주걸이가 있어서 예쁘고 실용적인 앞치마.
무인양품의 대표 디자이너 하라 켄야라면 하고 만들었지만
턱도 아닌 이야기다.
그래도 너무 예쁘다고 아예 앞치마를 입고 가신 분도 계시고,
다 팔고 가게를 접었는데 사고 싶다며 발을 동동 구르는 분도 계시고
세상엔 참 착한 사람도 많다.
이번 플리마켓은 피규어 컬렉터인 회사 후배와 콜라보레이션 놀이를 했다.
알고 보니 이름만 대면 어! 하고 알아주는 대한민국 3대 수집가란다.
한 방 가득 희귀한 피규어로 가득 차 있다니 보통 또라이는 아닌 것 같다.
어찌되었건 부스의 한 켠을 내준 권리로 일단 나부터 찜.
북을 치는 틴 로봇, 희귀한 여자 로봇, 또 로봇….
플리마켓의 앤티크 숍에서 구입한 빈티지 르크루제에 담아놓으니
어른도 아이들도 와글와글 탐을 낸다.
남의 떡이 커 보인다더니.

너무 예뻐서 괜히 필요도 없는 아기 옷도 사고
리버마켓 머니money로 닭계장, 떡볶이, 순대, 커피, 식혜, 호박 케이크, 쿠키… 사먹을 수 있는 것은 다 사먹고
이번에도 역시 파는 것보다 사는 것에 더 정신이 팔렸다.
그렇지 뭐. 2014년의 가을이 또 오는 것도 아니니까.
차곡차곡 추억의 창고 속에 쌓아놓아야
나중에 더 늙어서 시간이 더디게 갈 때
곶감 빼먹듯 하나씩 꺼내 되새김질할 수 있겠지.

폴의 골목。 다섯 번째 가을

담쟁이도, 꽃밭도, 나무도 이제 제자리를 찾은 듯 자연스럽다. 그리고 그 속에 주저앉아 잡초를 뽑는 내 모습도 자연스럽다. 입양한 자식이 있는 부모가 이런 마음일까. 아침저녁으로 기온이 뚝 떨어졌지만 차가운 돌바닥에 누워 자는 쿤을 보면 왠지 맘이 짠하고, 폴은 어느덧 일곱 살이 되었다. 폴이 없는 폴의 골목은 이제 상상할 수조차 없다. 새 식구가 늘고 아이들은 청년이 되고 우리 부부는 그만큼 늙어간다.

올해도 어김없이 가을이 왔고 밤이 익었다. 우리만 알고 있는 비밀 장소.

작은 산밤이 후드득 지천으로 떨어져 있는 그곳으로 간다. 쿤은 처음 만나는 가을이다. '앗 따가워' 하면서도 툭툭 밤 가시를 굴리고 다닌다. 자, 이 정도면 충분해. 그만 주워야지 하면서도 눈에 자꾸 밟히는 밤. 금방이었는데 비닐봉지마다 꽉 차도록 주웠다. 한 솥 가득 밤을 삶아 냉동실에 얼려놓으니 부자가 된 듯 뿌듯하다.

자연은 젊음을 빼앗아가지만 그 대신 시간이 흘러가는 대로 마음을 내려놓는 법을 알려준다. 오늘 아침에 문득 발견한 귀밑의 소복한 흰머리. 하지만 놀라지 않는다. 아, 그렇구나 하고 끄덕이게 되었다.

그런 내가 편안하고,

그래,

고마워 인생人生.

어쩌다 보니 작가님

"전시회 기획을 하는데 괜찮은 바느질 작가 아시는 분 있으면 소개 좀 해주세요."
"글쎄요. 몇 분 알기는 하지만 기성 작가라 바느질이 기계로 한 것처럼 또박또박해서 재미가 없어요. 저도 바느질이라면 좀 하는데…. 대충대충 얼렁뚱땅 하는 맛이 괜찮으면…."
말도 안 되는 이유를 툭 하고 던졌는데 빈트 갤러리의 박혜원 관장이 탁 하고 받았다. 그래서 시작된 전시회. 그동안 이러저러한 이유로 만들었던 인형, 테이블 매트, 가방, 그림들을 주섬주섬 모으니 나름 알록달록 그 속에 담긴 시간과 이야기가 그럴듯하다. 그래도 명색이 전시회인데 최근 작품을 넣고 싶어서 박 원장을 들들 볶아 밤새 뚝딱뚝딱 만든 나무 액자에 직접 타피스트리 작품도 넣고, 조각 천을 뒤져 앤티크 스툴에 패치도 했다.
폴의 골목 카페의 흔적이 묻어 있는 앤티크 매트들과 어린 왕자와 여우 인형, 숲으로 간 곰과 소녀 인형들은 역시 대충하다 만 바느질 솜씨의 정수라고나 할까. 전시장에 늘어놓으니 너무 작은 작품들만 오밀조밀.
뭔가 존재감이 부족다고 훈수를 두는 남편의 말에 자극 받아 밤을 새워 설치 미술 비슷한 대형 실패를 만들어 벽 한가운데 걸어놓았다. 그것도 모자라 끄적끄적 그린 일러스트를 엽서로 만들어 전시회 흉내를 낸다. 너무 열심히 전시회 작업을 하고 있는 내가 미쳤나 싶기도 하고, 작가님이라고 부르는 호칭이 어색해서 죽을 것 같기도 하다.
그런다고 갑자기 바느질 작가가 되는 것도 아니고 그런다고 갑자기 유명해지는 것도 아니지만 그래도 내가 아닌 다른 사람이 된 것 같은 기분에 며칠 동안 행복했다. 만드는 것을 업으로 삼는 것이 꿈이지만 만일 그 꿈이 진짜 직업이 되면 더 행복할지 잘 모르겠다. 갑자기 쏟아지는 하얀 눈을 만났을 때처럼 이렇게 일상에서 주어지는 반짝거리는 시간을 피하지 말고 즐기면 그걸로 충분하지 않을까.

달콤한 슈게트가 먹고 싶어지는 영화

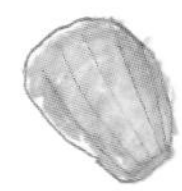

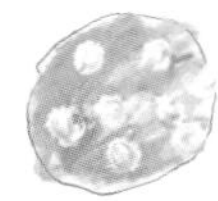

뉴스에서 자꾸 힘든 이야기만 들리니까
예쁜 영화를 보고 싶었다.
그래서 선택한 〈마담 프루스트의 비밀정원〉.
생각보다 가벼운 영화는 아니었다.
아주 간단하게 축약하면
커다란 그랜드피아노에 엄마 아빠가 깔려 죽어버린
그 끔찍한 기억을 하나씩 하나씩 끄집어내는 스토리.
아픔을 감추는 것만이 능사는 아니다.
아픔과 직면할수록 치유는 빨라진다.

이런 메시지를 전하고 싶어한 것 같은데
이 무거운 주제를 프랑스 영화답게
아기자기, 알록달록 그렇게 풀어서 좋았다.
오랜만에 '어 맞아. 이런 게 프랑스 영화지'라는 생각도 들고.
영화를 분석하고 싶지는 않지만
감독은 영리하게 영화 속 여기저기에
아픔을 이기는 도구로 '달콤함'이라는 모티브를 쓰고 있다.
예컨대 주인공의 기억을 감추는 달콤한 슈게트빵,
기억을 잊게 해주는 달콤한 체리 브랜디,
기억을 떠올리게 하는 달콤한 마들렌
그리고 해피엔딩으로 이끌어주는 달콤한 음색의 우쿨렐레.

생각해보면 나의 기억에도 '달콤함'이 있다.
초등학교 1학년 때였나.
신장염에 걸려서 사흘에 한 번씩 주사를 맞으러 병원에 가야 했다.
엄마는 안 가겠다고 우는 나를 달래려고
늘 병원 앞에 있는 호떡집에 가자고 속였다.
번번이 거짓말인 줄 알면서도
호떡의 그 달콤한 설탕 맛을 잊지 못해 주사를 맞았던 기억.
쓴 음식이 몸에 좋다지만

힘들 땐 달콤한 걸 먹는 게 정신 건강에는 더 좋다.
나도 영화 속의 폴처럼
퇴근길에 빵집에 들러 슈게트를 사야겠다.
없으면 마들렌이라도.
한입 가득 베어 물면
비가 와서 축축해진 마음이 달래지려나.

기억은 일종의 약국이나 실험실과 유사하다.
아무렇게나 내민 손에 어떤 때는 진정제가,
때론 독약이 잡히기도 한다.

— 마르셀 프루스트

happy Birthday

권장할 만한 취미

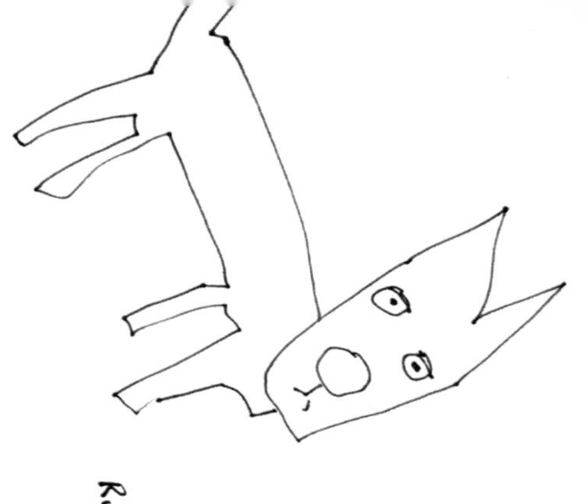

회의 시간에 꾸벅꾸벅 조는 행위는 치명적이다.
그런 반면 낙서는 정신 건강에 좋을뿐더러 걸릴 위험이 덜하다.
물론 윗사람이 눈치 채지 못하게 손으로 가리거나
의자를 살짝 뒤로 밀어 사각지대를 만드는 기술을 발휘해야 한다.
루크1~10
닮았니? 루크?

폴의 골목 나무 도마

생각의 그릇에 따라 광고는 달라진다.
생각의 그릇에 따라 사람이 달라진다.
생각의 그릇에 따라 인생이 달라진다.
생각의 그릇에 따라 맛이 달라진다.
그리고 생각의 그릇에 따라 그릇도 달라진다.

문호리 리버마켓에서 판매했던
남편이 만든 폴의 골목 나무 도마.
세상에 나무 도마는 많지만

남편만의 생각이 묻어나서
자연스럽고 따스하다.

그녀의 아침

5시 12분, 5시 30분에 맞춰놓은 알람시계보다 13분 먼저 눈이 번쩍 떠짐.
5시 15분, 잠이 덜 깨 비틀거리며 주방으로 가서 냄비에 물을 끓이기.
5시 17분, 냉장고에서 간밤에 썰어서 담아놓은 야채와 과일, 냉동 블루베리와 냉동 오디, 냉동 떡과 냉동 천연 발효 통밀 빵을 꺼내 식탁에 늘어놓기.
5시 20분, 주방 타이머를 9분과 8분 사이에 맞추어 끓는 물에 달걀과 토마토를 넣어 삶기.
5시 22분, 소금을 물에 타 가글을 하고 100밀리미터 정도의 찬물 마시기.
5시 25분, 마당으로 나가 마치 처음 보는 듯 격렬하게 꼬리를 흔들며 아침 인사를 하는 쿤과 폴의 머리를 한 번씩 쓰다듬어주기.

5시 26분, 집 뒤편 다용도실에서 물을 가득 담은 물뿌리개를 낑낑대며 들고 와 "괜히 화분은 사가지고." 중얼거리며 라벤더와 세이지 화분에 물 주기.

5시 30분, 텃밭에서 벌레 먹은 케일과 시금치 몇 장을 따고 까맣게 익은 블루베리 열 개를 따서 폴과 쿤에게 두 개씩 주고 도시락통과 남편과 시어머니용 두 개씩을 접시에 나눠 담기.

5시 35분, 요가 매트를 깔고 오디오를 켜고 목과 발바닥에 아로마오일을 바르고 〈키스 자렛〉 쾰른 공연 실황 CD 틀기.

5시 35분, 삐걱거리는 관절을 무리하게 꺾으며 한 시간 동안 요가하기.

6시 40분, 매트를 접고 샤워를 하고 3분 동안 대충대충 찍어 바르기.

7시, 나름 거울을 보며 이리저리 레이어링하기. 결국 어제 입었던 옷의 범주에서 벗어나지 못함.

7시 10분, 믹서에 익힌 토마토와 벌레 먹은 케일, 올리브오일을 넣고 휘리릭 돌려 두 개의 머그와 한 개의 유리병에 담기.

7시 15분, 식탁 위에 남편과 시어머니의 빵과 야채 주스를 챙겨놓고 에코백에 야채 도시락과 요거트를 챙겨 정신없이 출발.

7시 20분, 정신없이 나오는 바람에 아차 잊고 나온 핸드폰을 가지러 다시 집으로 갔다 부랴부랴 다시 출발.

7시 30분, 전현무의 굿모닝 FM을 들으며 노래도 따라 부르고, 막히는 길을 이리저리 곡예 운전하며 우물우물 야채와 삶은 달걀, 요거트를 먹는 3종 철인경기하기.

8시 30분, 아무 일도 없었다는 듯 가뿐한 얼굴로 출근카드 찍기.

매일 아침 세 시간 반 동안 벌어지는 나의 아침 풍경이다. 씻고 아침은 거르고 옷 입고 출근하는 심플한 사람들을 보면 부럽기도 하다. 그렇게 간단하게 바꿀 수도 있는데, 왜 나는 안 되는 거지? 왜일까? 생각해보니 나는 평생 시간이 아까웠던 것 같다. 돈은 안 쓰면 되는데 시간은 내 의지와 상관없이 뭉텅뭉텅 흘러가는 것 같아서 아깝다. 만일 멍때리기대회 같은 데 출전한다면 꼴찌는 떼놓은 당상이다.

무엇이든 할 수 있는 자유.
아무것도 하지 않을 수 있는 자유.

내가 좋아했던 리조트 광고 카피다. 만일 회사를 그만둬서 시간이 무더기로 주어진다면 나는 아무것도 하지 않는 자유를 만끽할까? 자신 없다.

레이어링, 생각보다 쉽지 않아요

오늘 아침, 나올 때는 분명히 괜찮았는데 회사 출입구에 비친 거울을 보는 순간, 다시 집으로 가고 싶어졌다. 옷이 마음에 안 든다. 최신 유행이라는 나팔바지에 시스루 블라우스. 좀 과하다 싶더니(사실 머릿속으로는 〈프로듀사〉에서 본 공효진의 길쭉길쭉한 실루엣을 상상했으나…) 역시 뚱뚱해 보이는 것 같기도 하고 아줌마처럼 보이기도 하는 것 같다. 거기다 나름 젊게 보이려고 반짝반짝 광택이 나는 은색 스니커를 신은 게 화근이다. 너무 굽이 없어서 똥자루처럼 짧아 보인다.

'내가 미쳤지. 이 나이에 웬 나팔바지…' 후회가 막심했지만 오후에 회의가 있는 관계로 집으로 갈 수도 없다. 아무도 내 옷차림 따위는 신경 쓰지 않는다는 걸 알면서도 안절부절못한다. 하다못해 화장실 가는 것도 싫다. 회의 시간 내내 집중이 안 돼서 나도 모르게 짜증을 내니 직원들이 눈치를 본다. 옷이 뭐라고. 이런 내가 바보 같아서 더 기분이 나빠지고.

패션 브랜드의 임원이었던 내 친구는 일요일 오후에 일주일치 옷을 미리 입어보고 레이어링해서 옷걸이에 걸어놓는다. 그래서 옷 때문에 기분을 잡치는 일이 거의 없단다. 하지만 계획하는 일은 내 취향이 아니다. 마음이 하루에도 몇 번씩 흔들리는데 일주일 동안 어떤 옷이 마음에 끌릴지 알게 뭐람. 원피스나 투피스 같은 딱딱한 정장을 좋아하면 좋을 텐데, 이리저리 옷을 겹쳐 입는 스타일도 화근이라면 화근이다. 남자들도 옷차림이 마음에 안 들어서 집에 가고 싶어질 때가 있을까.

작업실은 만들면 뭐해

2년 전, 남편을 들들 볶아서 2층 자투리 테라스를 작업실로 꾸몄다. 그러고 나서 2년 동안 단 한 번도 그곳에서 작업을 하지 않았다. 그냥 청소하러 몇 번, 사람들에게 보여주기 위해 몇 번, 바느질거리를 찾으러 몇 번인 게 전부다. 막상 만들고 나니 이제 됐다 그런 기분. 남편에겐 정말 미안하지만 어쩔 수 없다.

무언가를 혼자서 하는 건 참 외롭고 힘들다. 혼자서 생각하고, 혼자서 계획을 짜고, 혼자 중얼거리는 건 보통의 인간이 잘할 수 있는 일이 아니다. 그래서 바느질이든, 재봉질이든 작업이란 걸 하면 꼭 누군가의 곁에서 한다. TV만 뚫어져라 쳐다보는 남편이든, 수다를 떠는 친구든 사람이 아니면 라디오라도 곁에 있어야 작업이 된다.
역시 나는 작가 타입은 아닌가 보다. 작가란 홀로 자신과 싸우고 홀로 여행하고 고독이라는 걸 양식으로 삼아 삼시 세끼 먹고 사는 사람들이다. 한 달 전에 시작한 그림 레슨. "그냥 물감 쓰는 법을 좀 알고 싶어서요…. 뭐 화가가 될 것도 아니고 기본부터 배울 마음은 없어요." 이건 뭐지 하는 선생님의 표정이 따갑긴 했지만 어쩔 수 없다. 누군가가 나를 제약하는 건 싫고, 그렇다고 혼자서 끙끙거려볼 용기는 없고…. 첨부터 나는 이런 사람이라고 솔직히 얘기해야 후환이 없다.
다행히 요즘은 그런 공방이 추세인 듯하다. 자세히 가르쳐주지는 않고 그냥 옆에서 도와달라고 하면 훈수를 두는 방식. 선생님에게 선생님 역할을 가능한 한 못하게 하고 내 멋대로 그림 몇 점을 그렸다. 그게 무슨 의미가 있냐고 하면 할 말은 없다. 그래야 재밌으니까.

먹방 세상

어떤 일이든 목표가 뚜렷해야 결과가 좋다. 요리도 마찬가지다. 건강하게 먹을까? 맛있게 먹을까? 그것부터 정해야 만드는 사람도 먹는 사람도 실망이 덜하다. 맛도 있고 건강에도 좋은 음식은 웬만하면 없다. 요즘 유행하는 백주부 요리법. 그의 요리 재료엔 슈퍼푸드라 불리는 씨앗이나 오일, 야채 등은 등장하지 않는다. 기본양념인 고추장, 된장도 첨가물이 잔뜩 들어 있는 동네 마트에서 파는 것을 쓴다. 말하자면 건강보다는 맛에 충실하겠다는 전략. 그게 먹히고 있는 거다.

건강강박증에 걸린 아주머니들을 비웃기라도 하듯 설탕을 한 숟가락 푹 퍼서 찌개에 넣는 그를 보면 뭔가 저런 저런 하면서도 한편으론 통쾌하다. 〈집밥

백선생〉을 보고 있던 남편 왈.
"저거는 나도 하겠네. 담에 내가 만들어줄까?"
말끝마다 "네, 쉡!" 하고 극존칭을 쓰는 드라마 속의 셰프에 푹 빠져서 헤매는 나 때문에 괜히 요리사에게 억한 심정을 갖고 있던 남편으로서는 장족의 발전이다. '어떻게 두 쪽 달린 남자들이 부엌에…' 하고 뻣대던 50대 남편들을 부엌으로 인도하는 혁혁한 공을 세운 백선생에게 상패라도 주고 싶은 심정이다.
어쨌든 몸에 좋은 것만 고집하던 게 좀 찔리긴 했지만 주말에 그의 만능간장을 만들었다. 돼지고기에 설탕까지 듬뿍 들어간 두부조림을 만들어 맛있게 먹고 남은 두부조림을 볶음밥으로 재활용해 싹싹 먹어치웠다.
페이스북을 보니 올해 칸광고제 프로그램 중 하나인 제이미 올리버의 강연에 구름같이 사람들이 몰렸다고 한다. 유튜브에 돌아다니는 그의 강연을 들어보니 설탕의 심각성에 대해 얘기한다. 어느 장단에 춤을 춰야 할지 모르겠지만 건강이건, 맛이건 요즘 먹방이 대세인 건 사실이다.
생각해보니 나는 늘 흐름보다 한 발짝 먼저 가는 것이 문제다. 〈나이는 생각보다 맛있다〉가 그랬고 〈고치소사마〉가 그랬다. 뭐, 확실히 그렇다는 건 아니지만 지금 시점에 그 두 권의 책이 출판됐다면 훨씬 더 많이 팔리지 않았을까.

햄버거 아가씨와 청소부 할머니

직업 정신 하면 떠오르는 두 가지 기억이 있다.

하나. 자동차로 두 달간 미국 종주여행을 할 때였다. 뉴올리언스 근처의 작은 시골 마을에 햄버거를 사기 위해 들렀다. 겨우 열대여섯 살이나 되었을까. 조금 미안하지만 뒤룩뒤룩이라는 단어가 떠오르는 흑인 소녀가 카운터 앞에서 짜증이 덕지덕지한 얼굴로 주문을 받고 있었다.
“Can I get….” 제대로 문장을 끝내기도 전에 “What?” 하고 짜증이 가득 묻어나는 큰 소리로 말했다. 남편과 나는 서로 얼굴을 쳐다보며 우리가 뭘 잘못했나 하며 머뭇거리고 있는데 우리를 째려보더니 또다시 “What?” 하고 소리를 질렀다. 영어도 짧고 어린 여자애랑 대거리를 할 수도 없어서 꾹 참고 주문을 끝내고 계산을 했다. 잔돈을 받으려고 손을 내미는 순간 그 여자아이가 잔돈을 던졌다. 마치 손에 닿으면 더러운 것이 묻기라도 할 것처럼 오만상을 찡그리고 그야말로 카운터 바닥에 동전이 흩어지도록 확 집어던졌다. 그러고선 "Next."

처음엔 우리가 동양인이어서 그랬나 했다. 특히 미국 남부는 흑인들이 여전히 상대적으로 차별을 받는 지역이기도 해서 콤플렉스를 그렇게 푸는구나 했는데 햄버거를 먹으며 지켜보니 꼭 그런 것만은 아닌 듯했다. 그냥 그녀는 자기 일에 화가 나는 것 같았다. 나는 이런 일을 할 사람이 아닌데 내가 왜? 끊임없이 그런 생각으로 화를 내고 있었다. 벌써 15년도 지났는데 어제 일처럼 또렷하게 기억난다. 10여 분도 안 되는 아주 짧은 시간이었지만, 정말 길게 느껴졌던 그 기억. 지금도 그녀는 그 햄버거 가게에서 화를 내고 있을까?

둘. 회사를 옮기면서 얻은 한 달간의 휴가. 안도 타다오의 건축물로 유명한 나오시마에 갔다. 지중미술관의 멋진 작품들도 보고 베네세 하우스에서 하룻밤을 묵고 다카마츠로 나와 유명한 신사에도 가보고 할 겸 JR기차를 탔을 때다. 어느 역인가, 조금 오랫동안 정차하게 되었는데 멍하니 창밖을 보다가 나도 모르게 창가에 눈을 딱 붙이게 되었다. 공원인지 놀이터인지 확실하지 않지만 누군가가 흙바닥에 앉아 있었는데 무릎을 꿇고 있었다. 자세히 보니 거의 엎드리다시피 해 바닥을 쓸고 있었다. 기모노 스타일의 전통 작업복에 하얀 앞치마를 입고 두건을 쓴 옷차림이 할머니 같기도 했고 할아버지 같기도 할 만큼 확실히 분간할 수 없었다. 어쨌든 실내도 아닌 흙바닥에 무릎을 굽힌 게 아니라 아예 꿇어앉아서 바닥을 쓸고 있었다.

조용조용 빗질을 하는 그 모습은 청소가 아니라 무슨 의식같이 느껴졌고 경건하기까지 했다. 아주 잠깐이었지만 마음 한 켠에서 아… 하고 싸아한 게 지나갔다. 이게 일본인가? 장인 정신이 구석구석까지 배어 있는… 이것이 일본의 힘인가. 어쩌면 그분은 평소처럼 늘 하는 청소를 하고 있었을 뿐이었는지도 모른다. 하지만 청소라는, 어쩌면 하찮은 일일 수도 있는 그 일을 너무도 소중하고 너무도 마음을 다해 하고 있는 모습은 그 어떤 유명 예술품보다도 감동적으로 다가왔다. 그 모습을 남기려고 카메라를 들이대는 것이 미안할 만큼.

직업 정신은 나의 직업에 대한 마음가짐이다. 나의 직업을 하찮게 생각하면 하찮아지고, 귀중하게 생각하면 귀중해진다. 나는 매일매일 출근하는 차 속에서 고소영은 아니지만 이렇게 주문을 외운다.

"나는 소중하니까."

색깔로 보는 사주 명리학

카피라이터들이 감히 넘보지 못하는 디자이너들의 물건이 있다. 예컨대 컬러칩 같은 것. 마젠타 1500C, 사이언 110C 뭐 이런 팬톤 컬러칩의 원소기호 같은 것들을 보면 왠지 기가 죽는다. 하지만 카피라이터였던 나도 이 컬러칩에 얽힌 웃지 못할 추억이 있다.

20년 전, 당시엔 사내 결혼을 하면 같이 회사를 다니기 힘든 분위기였다. 옮길 곳을 물색하던 중 경력 카피라이터를 모집하는 광고를 봤다. 너무 규모가 작아서 아님 말고 하는 생각으로 면접을 봤는데 그 자리에서 "바로 출근하겠습니다."라고 말하고 말았다. 이유는 바로 그 컬러칩 때문이었다. 경력 채용이라서 "왜 회사를 옮기려고 하나요?" 하는 질문을 하겠거니 했는데, 웬걸 내

color test

앞에 놓인 건 컬러칩과 하얀색 도화지.

시험 문제는 본인이 좋아하는 컬러칩의 색을 뜯어서 붙이는 것이란다. 세 가지 색의 세 묶음과 다섯 가지 색의 세 묶음이 있었는데 그 컬러칩 테스트는 '선생님'이라 불리던 사장님이 만든 독특한 방식으로, 그 회사에 들어가는 모든 사람은 그 테스트를 통과해야 했다. 별놈의 회사가 다 있네 했지만 한편으로는 무척 호기심이 갔다.

요 색깔 블라우스에 요 색깔 치마를 입으면 좋겠네 하는 식으로 컬러칩을 붙이다 보니 생각보다 재미있어서 나중엔 시험이라는 생각도 잊어버린 채 몰입했던 것 같다. '이거 무슨 사이비 집단 아냐 하고 떨떠름하게 시작했던 것에 비하면 나중에는 꽤 두근거리며 도화지를 제출했다.

얼마 지나지 않아 사장실로 오라는 호출. 사장실 같지 않은 아주 작은 방에 50대 중반쯤 되었을까 바싹 마른 몸매에 희끗희끗한 수염을 기르고 꽤 비싸 보이는 캐멀색 중절모를 쓴 '도사'풍의 남자가 앉아 있었다. 아무 말 없이 테스트 용지와 내 얼굴을 쓰윽 한번 훑어보더니 대뜸 던진 첫마디. "언제 출근할 수 있나요?" 살면서 논리 따위로는 설명되지 않는 순간을 몇 번쯤 맞이하지만 그때만큼 황당했던 적이 있었을까. 더 웃긴 건 나의 대답. "네… 바로 할 수 있어요." 알 수 없는 카리스마에 압도되어 30초도 생각하지 않았던 것 같다.

나중에 알게 되었지만 그 컬러칩 테스트는 심리 테스트 겸 색깔로 보는 사주명리학 같은 거였다. '에이, 말도 안 돼'라고 생각하겠지만 사실이다. 놀라운 건 컬러 테스트로 직원을 뽑거나 협력사를 고르는 데 이용했던 그분은 광고와 아무 상관도 없는 한의사였다는 사실. 그분의 이력에 대해 정확히 아는 바는 없지만 몇 년 동안 전국의 산과 절을 유랑하는 자유인이었다는 것, 그림과 고가구, 음악 등등 예술에 대한 안목과 동서양의 철학에 대한 깊이가 상당하다는 것, 역술가보다 더 운세나 관상에 능통하다는 것 등등이 공공연한 비밀로 전해지고 있었다.

어쨌거나 그렇게 컬러칩으로 인연이 된 회사를 7년을 다녔다. 겨우 대리였던 경력으로 팀장이 되고 사장님의 총애(?)로 얼핏 광고와 상관없어 보이는 공부를 많이 하게 되었다. 벌써 25년 전에 유홍준보다 먼저 문화유산 답사를 하면서 한국의 문화와 예술, 역사를 공부할 기회를 얻었고, 세계적인 미술관과 음식 기행이 주제인 해외 출장에 동행하는 행운도 얻었다. 어떻게 보면 지금 한창 화두인 인문학적인 소양을 25년 전에 직원들에게 심어주었다고나 할까.

그때는 그 시간이 얼마나 귀중했는지 모르고 바보처럼 건성건성 따라다녔다. 이제 와서 후회해봐야 아무 소용없지만 그래도 30년 넘게 광고 일을 할 수 있었던 건 어쩌면 그때 만들어진 자양분 때문인지도 모른다. 남들은 왜 일하는지도 모르고 죽어라 밤을 새우며 경력 쌓기에 골몰할 때 나는 '왜'라는 삶의 본질적인 화두에 몰입하는 시간을 보냈으니 지독히 운이 좋은 청춘을 보냈다.

어쨌거나 회사를 다니는 동안에도 그 컬러칩 테스트를 여러 번 할 기회가 있었다. 마음이 복잡하거나 힘들 때면 어떻게 알았는지 사장님은 컬러 테스트를 시켰다. 한번은 회사를 그만둘까 고민하던 참이었는데 딱 걸렸다. 컬러 테스트를 보시더니 뜬금없이 절에 데리고 가서 스님의 법문을 듣게 하셨다. 어찌나 구구절절이 옳은 말씀만 하시는지…. 당연히 그 이후 회사가 문을 닫을 때까지 얌전히 다녔다.

너무 앞서가는 것이 원인이었을까. 너무 다른 생각이 원인이었을까. 석연찮은 이유로 7년 후 회사는 폐업했고 그분은 사장직을 사임하고 나서 강원도 오지의 별장에서 혼자 지내셨다. 나는 다른 회사로 이직한 후에도 마음이 힘들 때마다 사장님이 계시는 강원도 별장으로 찾아가서 인생 상담을 하곤 했다. 아무리 좋은 공기도, 건강한 음식도 마음의 한을 이기지는 못했는지 결국 폐암을 얻으셨고 병원 치료를 거부하신 채 세상을 떠나셨다. 벌써 10년도 더 된 이야기다.

지금도 디자이너의 책상을 지나가다가 컬러칩을 보면 가슴 한 구석이 묵직하게 아파온다. 정말로 그런 시절이 있었는지 때로는 비현실적으로 느껴지기도 한다. 나는 벌써 여섯 번이나 회사를 옮겼고 그때마다 재미있거나 재미없었던 순간이 있었지만 컬러칩만큼 내 삶에 큰 이미지로 남아 있는 모티브는 없는 것 같다.

왜 재즈를 안 들려줬어?

'오늘부터 하루에 한 시간씩 꾸준히 하자. 시작!' 한다고 되지 않는 것이 있다. 예컨대 음악이나 미술 같은 것. 유전자적으로 타고나던가 아니면 스펀지처럼 감수성이 말랑말랑한 어린 시절에 그런 분위기에 푹 빠지게 만들어주던가…. 이런 조건이 충족되어야 한다.
유명한 예술가들의 이야기에 늘 부모들이 등장하는 것도 바로 그런 이유 때문이다. 중학교 때부터 밴드를 한다 어쩐다 하더니 급기야 전공과는 아무 상관도 없는 음악의 길을 가겠다고 선언한 아들 녀석이 뜬금없이 하는 말.
"엄마, 왜 어릴 때 재즈를 안 들려줬어?"
"그랬나? 우리가 안 들려줬어?"

기억이 까마득한데 생각해보니 그런 것 같기도 하다.

남편과 나는 사내 커플. 음악을 좋아하는 우리는 회사 동호회 모임이었던 '대홍 오디오 클럽'의 회원으로 가입했다. 남편은 보스boss 스피커, 나는 쿼드 앰프, 남편은 클래식 LP, 나는 재즈 LP. 이런 식으로 사람들 몰래 오디오와 음반을 장만하고 결혼한 다음 조립 로봇처럼 합체(!)했다.

우리 생각엔 삼시 세끼보다 음악을 더 챙겼다고 생각했는데 정작 가장 신경 써야 할 아들의 어린 시절에는 음악이 없었다. 그 당시 나는 맨날 야근에 휴일 근무로 집은 그저 하숙집이었고, 남편은 다시 수의사를 공부하느라 역시 또 다른 하숙생이었다. 아들이 들은 음악이라고는 시어머니의 옛날 자장가나 TV에서 나오는 만화 영화 주제곡이 전부였다.

이런 예술적으로 건조한 환경에서 자란 녀석이 중학교 때부터 록밴드의 리드 기타를 맡았다거나 음악으로 뭔가 꿈을 실현하겠다고 버티는 걸 보면 어쩌면 잘 자라줘서 고맙다고 해야 할 판이다. 한 가지 뭔가 해줬다면 6학년 여름방학 두 달간 자동차로 미국 여행을 하면서 비틀즈를 들려줬다는 것. 그것도 물론 가지고 간 앨범이 비틀즈의 〈1〉뿐이었던 것이 이유였지만.

다행히 다른 가수가 아니라 비틀즈였고, 녀석이 촌스럽지 않은 음감을 가지게 된 건 순전히 그것 때문이었는지도 모른다. 아들은 지금도 학교에 갈 땐 항상 비틀즈만 듣는다. 들어도 들어도 질리지 않는단다. 이젠 비틀즈의 400개의 곡을 거의 외울 정도란다. 그 두 달 동안 클래식이나 재즈를 열심히 들었더라면 지금 음악에 대한 아들의 취향이나 해석이 달라졌을까.

무거울수록 좋은 빵

서울에서 더 유명한 동네 천연 발효 효모 빵집 '긴즈버그'. 이른 아침, 일본에서 발효 빵을 공부하고 온 매력적인 남자 베이커가 고소한 냄새를 풍기며 빵을 굽는 모습은 상당히 문학적이어서 그 앞을 지날 때마다 행복한 기분이 들기도 한다.

'이런 시골에 이렇게 세련된 빵집이…' 하고 처음엔 모두들 반신반의했지만 양평엔 나처럼 건강강박증이 있는 사람들이 대거 몰려 살고 있는 관계로 오후 3시쯤이면 빵이 다 팔리고 없다. 요즘은 어떻게 소문이 났는지 서울에서도 사모님들이 몰려와 한꺼번에 몇 십 개씩 '싹쓸이'하는 진풍경이 벌어지곤 한다.

그의 발효 빵은 'no milk, no butter, no sugar'에다 베이킹파우더나 이스트도 전혀 쓰지 않는다. 그의 표현대로 문명적인 것이 하나도 가미되지 않은 태고의 원시적인 빵이다. 사실 그저 둥글둥글 뭉툭하니 못생겼는데 그의 주장에 따르면 예쁘게 만들기 위해 너무 주물럭거리면 효모가 아플 수 있다는 것.
이건 뭐 약간 빵을 공부하는 사람들의 전문적인 이야기라 이해하기 어려운 부분이 있지만 빵을 발효시키는 효모균은 살아 있는 생명체여서 숨도 쉬고 화도 내고 가끔 미쳐버리기도 해서 매일 밥을 주고 어린애 보살피듯 애지중지 돌봐야 한단다(알고 보니 빵의 세계도 광고 못지않게 무척 복잡하다).
어쨌든 그의 천연 발효 효모 빵은 나의 고정관념을 싹 바꾸어놓았다. 그중 가장 신선했던 점은 '무거울수록 좋은 빵'이라는 것. 나는 맛있는 빵 하면 예전에 쇼빵이라고 불렀던 일본식 식빵의 이미지를 떠올린다. 손으로 살살 찢어서 먹던, 강열한 버터 냄새가 머릿속을 마구 헤집어놓던 폭신폭신 보들보들한 빵이다. 그런데 조베이커의 설에 의하면 부드럽고 가벼운 빵은 십중팔구 베이킹파우더나 이스트를 넣어 억지로 공기층을 만든 것이란다.
아, 어쩐지 속이 부글부글하더라니. 가벼운 빵은 원가를 맞추기 위해 밀가루를 줄이거나 사람들 입맛에 맞추다 보니 그렇게 된 것이란다. 생각해보면 빵만 그런가. 요즘 세상은 조금이라도 '더 가볍게, 가볍게' 해야 한다. 자동차도 연비를 좋게 하려고 점점 더 가볍게 만들고 휴대폰, TV, 컴퓨터 등 모든 가전제품도 앞다투어 가벼워지고 남자든 여자도 더 날씬하고 가벼워지려고 애쓴다. 경량도 모자라 초경량의 시대다.

언제인가부터는 사람들의 마음까지 가벼워진 것 같다. 너무 쉽게 만나고 헤어지고, 너무 쉽게 갖고 버린다. 가벼울수록 좋은 것도 있지만, 때론 무거워서 좋은 것까지도 가벼워진다. '겨우 빵 같은 걸 먹으면서 너무 심각한 것 아니야' 하고 말해도 어쩔 수 없다. 사람의 마음과 빵만은 무거울수록 좋다. 아니 확실히 그래야만 한다.

전원생활에는 디자인 감각이 절실하다

얼핏 생각하면 디자인 감각이란 도시 생활자에게 필요한 것 같지만
정말 디자인 '감感'이 필요한 건 전원생활이다.
왜냐면 도시는 내 의지와 상관없이 이미 만들어진 건물과 거리와 조경을
이용할 뿐이니까.
아파트에 산다면 더더욱 나의 디자인 감각이 끼어들 틈이 없다.

하지만 전원이란 어떤가.
그냥 광활한 자연 속에 내팽개치는 것이다.
더구나 자연이란 그 자체로 완벽한 디자인을 지니고 있기에

아마추어적인 어설픈 디자인 감각으로 손을 댔다가는 낭패를 보기 일쑤다.

전문가를 쓰면 되지 않냐고 말할 수도 있지만
비용도 비용이고,
디자인이 살아온 인생 철학의 구현이라면
전혀 다르게 살아온 누군가와 감각을 맞추는 일 또한 쉽지 않다.

안그라픽스에서 출판한 세 권의 책
〈디자이너 함께하며 걷다〉
〈디자이너 생각위를 걷다〉
〈디자인 하지않는 디자이너〉
이 책들은 이런 점에서 디자이너가 아니라 일반인들이 꼭 읽어야 할 필독서다.

일기 형식으로 '아… 어떻게 살아야 한다' 같은
다짐이 많아 더 와닿는다.
나는 디자이너도 아니고
예술에 별다른 재능을 가지고 있지도 않기에
디자이너들이라면 무턱대고 동경하는 마음이 있는데
이 책을 쓴 나가오카 겐메이 씨는
뜬구름을 잡지 않고 생활 속에 단단히 발을 디디고 있는 느낌이라 더욱 좋다.

사진으로 보니 꽤 젊다.
젊은 사람이 이런 깊숙한 생각을 할 수 있다니
놀라울 따름이다.

혜경이라는 친구

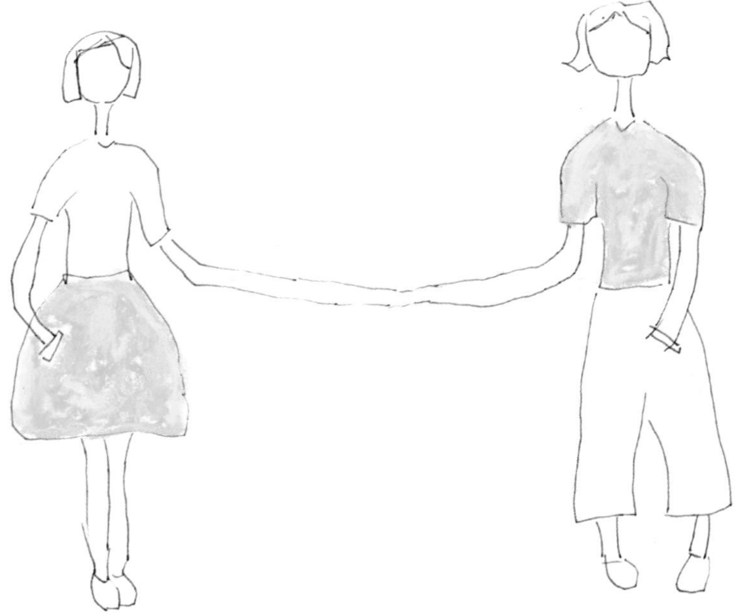

나이도 같고 이름도 같은 사람을 만나서 친구가 될 확률은 얼마나 될까? 뉴욕 34번가에서 나와 똑같은 옷을 입은 여자를 마주칠 확률 정도? 아무튼 그런 일이 내게 일어났다. 54세 호랑이띠 김혜경.

"어머, 반가워요. 너무 신기하네요…."

이렇게 서종면의 천연 효모 발효 빵집 긴즈버그에서 통성명을 한 게 2년 전.

"나 낼 골프 치러 가는데 옷 좀 빌려줘."

"야, 옷 찢어져. 니 히프가 더 크잖아."

"이것이가 죽을려~"

이렇게 험악한 말이 아무렇지 않게 오가는 친구 사이가 되었다. 사실 처음엔 나보다 더 예쁘고 키도 크고, 무엇보다 전형적인 서울 아줌마 같아서 조금 재수가 없다 했지만 얘기를 해보니 생각보다 수더분했다. 먹는 거 좋아하는 것도, 예쁜 거에 정신 못 차리는 것도 비슷비슷…. 이래저래 통하는 데가 많았다. 더구나 남편들도 친구 비스무리한 사이가 되었고 아들 녀석들도 지네들끼리 어울려서 단체 친구랄까 그런 관계가 되었다. 그래도 보통은 호기심에 화악 불이 붙었다가 사그라지면 그러다 마는데, 뻔질나게 양평을 오더니 결국 작년에 아예 서울 집을 팔고 양평에 땅을 사서 눌러앉았다.

그녀와 나는 혜경아 하고 부르면 왜? 혜경 하고 부르는 이상한 조합. 그런데 이게 상당히 재미있다. 마치 내가 모르는 또 다른 나를 보는 것처럼…. 완성도가 떨어진 데칼코마니를 보고 있는 기분이랄까. 늘 남편 뒤만 졸졸 따라다니는 내게 이제 하루가 멀다 하고 만나는 가족이 아닌 친구가 생겼다.

그녀는 사실 친구가 많은 편이다.
"친구라는 게 그냥 되는 건 줄 알아? 친구도 관리해야 유지가 돼."
좀 계산적이다 싶은 발언이지만 확실히 인생이란 기브앤테이크. 조금 멀어진다 싶으면 전화해서 안부도 챙기고, 생일 같은 기념일도 잊지 않고 챙기고 친구가 힘들 땐 만사 제쳐두고 달려간다. 그녀의 관리 방법은 물질보다는 마음과 변함없는 꾸준함이다.
생각해보니 내가 변변한 친구가 없는 건 친구라는 투자의 방법에 문제가 있었는지도 모른다. 한번 마음에 들면 물질이든 '마음'이든 한꺼번에 확 주었다가 확 식어버리는 냄비식의 투자. 친구 따라 강남 간다 했던가. 이젠 그녀에게 배워서 주변 사람을 챙기는 방법을 알아간다. 조금씩 오래오래.
예전에 〈헤드라인 100선〉이라는 책에 있던 메이지 초콜릿 광고 카피.
조금씩 사랑하고 오래오래 사랑하고.
왜 그 카피가 그렇게 마음에 와닿았는지 이제야 알 것 같다.

사과니까

내가 좋아하는 무라카미 하루키는 사과 때문에 맥북을 쓴다고 한다. 나는 뭐 무라카미 하루키는 아니지만 나도 사과 때문에 맥북을 샀다. 무라카미 하루키가 '사과' 때문에라고 말하는 것과 나 같은 사람이 '사과' 때문에라고 말하는 건 흠, 생각이 있어 보이는가, 없어 보이는가에 엄청난 차이가 있다는 건 알지만 달리 설명할 길은 없다.

사실, 겨우 끄적끄적 글을 쓰거나 인터넷 쇼핑을 하는 게 전부인 내게 맥북은 정말 불편하기 짝이 없다. 글씨는 왜 그리 작고, 뭔가를 하려면 왜 그렇게 절차가 까다로운지…. 내 경우엔 100만 원이 넘는 거금을 들여야 할 하등의 이유가 없다.

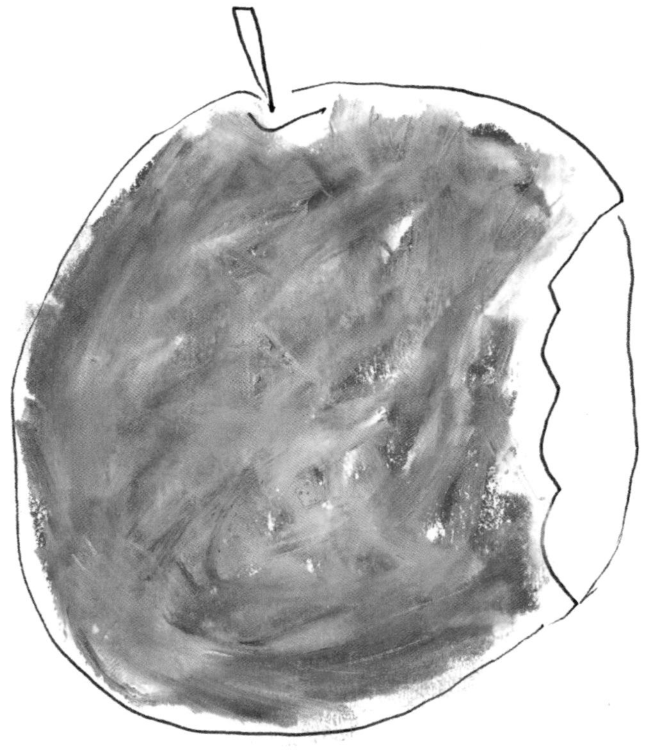

하지만 '단추가 너무 예쁘잖아' 같은 하찮은 이유로 비싼 옷을 덥석 집어드는 비합리적인 구매 준거를 가지고 있는 내게 은빛 사과 로고는 너무나 강렬한 유혹이다.

쓸데없이 왜 그리 비싼 노트북을 사느냐는 남편의 핀잔을 들으면서도 결국 그 은빛 사과는 우리 집으로 왔고, 아무도 알아주지 않지만 내심 '나도 맥북 쓰는 사람이야. 왜 이래!' 하면서 애지중지했는데 대참사가 일어났다. 맥북을 벽난로 위에 올려놓은 걸 깜박한 채 장작을 땐 것. 꾸벅꾸벅 졸고 있는데 남편이 후다닥 달려가더니 "앗 뜨거!" 하고는 맥북을 마룻바닥에 내동댕이쳤다. 난 아직 잠 속에 있었기에 그 참사가 진짜인지 가짜인지 분간하기 어려웠다. 껍데기는 약간의 그을린 자국만 있었지만 키보드는 화상으로 끔찍하게 뭉그러졌다. 앗!

며칠 전 아들 녀석한테 새로 노트북을 하나 사오라고 했다. 화면이 크고 인터넷 속도도 괜찮고 적당히 싼 국산으로. 이렇게 나의 사과 사랑은 끝이 났다. 영원히.

어쨌든。

스몰윈

회사 후배들한테나 인터뷰 때 나의 단골 18번 조언은 항상 그랬다.
"큰일을 두려워하지 마라. 크게 해야 잃는 것도 있지만 얻는 것도 크다."
그런데 스몰윈이라는 말이 새삼스럽게 와닿는 요즘, 어제 "첫술에 배부르겠니?"라는 말을 아들에게 해준다. 신곡 하나를 유튜브에 올렸는데 엄마 아빠는 나중에, 라고 한다. 이제 겨우 스물여섯. 무엇을 시작하는 것만으로도 괜찮은 나이다. "작은 것부터 하나하나, 작은 기회도 조심조심 다루다 보면 얻는 게 있을 거야." 말하다 보니 마치 내게 하는 말 같아서 울컥.

사회공헌이라는 일.

이제 9개월째.
되는 일도 없고 안 되는 일도 없고.
조금씩 조금씩 감질나게 진행되고 있다.
당장 안 해도 되는 일에 누구 하나 적극적으로 나서지 않는다.
괜히 욕먹을 수도 있는 일에 누구 하나 해보자라고 말하지 않는다.

늘 '주인공'이라는 역할에 익숙해 있는 내게 스포트라이트가 닿지 않는 사이드의 자리를 지키는 일이 참 힘겹다. 언젠가는 사회공헌이 브랜딩의 주인공이 되는 날이 올 것 같은데, 나는 그날이 올 때까지 견뎌낼 수 있을까. 아니 이것도 욕심이다. 누군가가 주인공이 되어 일을 할 때 일사천리로 진행될 수 있도록 자리를 반짝반짝하게 닦아놓는 일. 어쩌면 그것이 현재 나의 롤일지도 모른다.

그러려면 작다고 포기하지 말 것.
작다고 우습게 알지 말 것.
지금 진행하고 있는 택시기사 프로그램은 스몰윈이 될까?
스몰이 윈이 되려면 끝까지 밀어부치는 힘이 필요하다.
일단 밥을 먹자.

더 천천히 하라는 계시

광고와 사회공헌이 완벽하게 다른 것 중 하나는 시간에 대한 무게다.
광고는 속전속결. 얼마나 더 빠르게, 얼마나 더 가볍게 만들어내는가가 성공의 축이라면 사회공헌은 돌다리형. 시간이란 녀석을 두드려보고 만져보고 다치지 않게 조심조심 다루어야 한다.
CF가 이미지고 꿈이라면 사회공헌 프로그램은 현실이고 삶이다. 하긴 예전에 영화 음악을 만드는 작곡가에게 CM을 의뢰했다가 망친 적이 있다. 두 시간짜리 영화를 받쳐주는 음악과 15초짜리 CM 음악의 길이 조절은 카세트테이프를 잘라서 길게 혹은 짧게 하는 일과는 본질적으로 다르다.
하지만 30년 몸에 배인 습관이 어떻게 하루아침에 바뀔까. 날마다 정말 허벅

지를 찔러가며 시간의 무거움을 견뎌내는 것이 요즘의 나의 일상이다. 시작이 반이라는 말은 여기서는 통용되지 않는다. 시작은 시작일 뿐. 예컨대 팀원들과 아이데이션을 하면 그것이 곧바로 시안이 되어 며칠 후 볼 수 있지만 지금은 그 아이디어가 현장에서 실현 가능한지 아닌지를 검토하는 데 한 달이 걸릴지, 2년이 걸릴지는 알 수 없다.

광고는 누군가 좋아하지 않아도 그냥 험한 소리를 들으면 되지만 사회공헌 프로그램은 치명적인 피해를 줄 수도 있어서 무섭다.

요즘 가끔 왜 나에게 이런 일이 주어졌을까 곰곰이 생각한다. 시간을 가볍게 쓴 벌을 주는 게 아닌가 이런저런 생각에 힘들다.

50살 아줌마가 발레 슈즈를 신… 었다 말았다

"어깨를 내리고 목을 길게 주~ 욱 빼."
〈빌리 엘리어트〉를 몇 번이나 봤는데 난데없이 이 대사가 귀에 쏙 하고 들어왔다.
최근에 시작한 발레 레슨 때문이다. 어리고 예쁜 발레 선생님이 수업 시간에 했던 얘기랑 똑같다. 생각해보니 발레리나들이 하나같이 목이 긴 데는 다 이유가 있었다. 50살이나 먹은 뚱보 아줌마 주제에 무슨 발레? 할 수도 있지만 그런 말을 했다간 유행에 뒤떨어진 인간이란 소리를 듣기 십상이다.
세상이 바뀌었다. 전문가의 영역이라는 것이 없어지고 있다는 거다. 아니 전문가는 전문가대로 있고, 그 영역을 새롭게 해석해서 어떤 누구의 것에서 '모두'의 영역으로 만드는 세상이다. 요리도 운동도 그림도 사진도 이제 누구나 자기 식으로 즐기고 누리다가 기회가 되면 전문가로 변신해서 돈까지 번다. 물론 발레 선생이 되는 꿈을 꾼다는 얘기는 아니고 요가를 하다 보니 발레로 곁눈질을 하게 된 것. 기억자로 굽어진 할머니로 늙지 않기 위해 자세 교정용 운동이라는 명분으로 시작했지만 반짝반짝하는 분홍색 실크로 만든 발레 슈즈라니 돼지 목에 진주가 아니라 돼지 발에 발레 슈즈라는 생각에 웃음이 삐질삐질. 거울에 비친 내 모습이 너무 웃겨서 수업 내내 피식피식 웃음이 나왔다.

플리 플레 어쩌고 하는 프랑스식 용어들은 어쩌면 인간의 언어가 아닌 것 같은 기분이 든다. "마치 한 마리 백조가 날아가는 듯한 포즈예요. 손가락을 살짝 구부리고 엄지손가락을 가운데 손가락에 살짝 기대고…."

거기까지 발레 수업은 다섯 번 만에 끝났다. 남은 수업료는 요가에다 얹어서 더 하는 걸로. 살짝 간지러운 느낌이 드는 운동은 역시 나랑은 맞지 않았다.

일단 발레는 형식미가 중요한 운동이다. 팔다리가 길고 우아해야지 보는 사람도 춤을 추는 사람도 신명이 날 텐데 팔다리가 짧막짧막한 데다 뭉툭하기까지 하니 이런 언밸런스가 없다.

얇고 폭넓은 지식을 갖추는 것이 화두인 요즘에 맞게 맛을 보았으니 됐다.

비행공포증

비행공포치료연구소에 갔다 왔다. 뭘 그렇게까지 하고 생각할 수도 있겠지만, 실제로 지난번 일본 출장 때는 공항에 가서 짐까지 부치고 나서 배가 아프다는 핑계를 대고 되돌아오고 말았다. 이륙하고 나서 내리겠다고 난동을 부리지 않은 게 천만다행이었다.
여행이야 안 가면 그만이지만 회사 일을 못하는 건 직무유기인 관계로 뭘 이렇게까지… 하면서도 지푸라기라도 잡는 심경으로 물어물어 찾아갔다. 내심 연구소라고 해서 뭔가 흰색 옷과 흰색 복도, 반짝이는 은색 도구 이런 것을 상상하고 갔는데 웬걸, 퀴퀴한 냄새가 나는 복도와 어두침침한 조명의 낮은 천장, 고장 난 체험 치료용 비행기 모형 그리고 호러물의 조연급 배우를 떠올리게 하는 인상의 의사. 이건 뭐 공포를 치료하러 왔다가 되레 공포를 심화시킬 것 같은 분위기였다.

그런데 더 기가 막힌 건 치료 프로그램의 내용이다. 설문 테스트를 하는 초진 진료비가 30만 원, 열 번의 비행이론 수업이 450만 원. 그것도 모자라 의사와 함께 제주도를 왔다 갔다 하는 두 번의 실전연습 치료는 별도의 비용을 지불해야 한다. 열 번의 비행이론 수업은 단지 '비행기는 안전하다'는 걸 이러저러한 방법으로 계속 머릿속에 집어넣는 주입식 방법이다.

"비행기가 안전하다는 건 알고 있어요. 그래도 무서운데요."라고 했더니 제대로 알면 안 무섭단다. "그래도 설득이 안 되면 어떡하나요?"라고 물었더니 20퍼센트 정도의 예외가 있는데 그건 어쩔 수 없단다. 단순히 비행기를 타는 게 무섭다는 차원이 아니라 비행기를 내가 운전하지 않기 때문에 무서운 경우나 공포증이 만성화되어 폐쇄공포증이나 고소공포증이 동반된 경우엔 고치지 못할 확률이 훨씬 높아진단다.

"그런데도 치료하는 사람들이 있나요?"

시비를 걸자는 건 아니지만 의사의 설명을 들으면 들을수록 머리속이 환해지는 것이 아니라 캄캄해진다. 나처럼 도무지 씨알이 안 먹히는 앞뒤 꽉 막힌 환자는 정신병원에서 진상 환자로 분류되겠지만, 그래도 이건 너무 바보짓이다 싶었다. 내가 비행공포증이 있는지 없는지를 아는 데 거금 30만 원을 들이고 병원 문을 나왔다. 아니 이 병은 내 의지로 고쳐야겠구나 하는 결심을 굳히게 되었으니 싸게 먹힌 건가.

3달 후 뉴욕 출장. 실컷 말도 안 된다며 내 의지로 고치겠다고 큰소리를 뻥뻥 쳐놓고 다시 비행공포치료연구소에 가서 진정제를 처방 받았다.

"뭐 좀 도움이 되는 조언이라도…." 비굴하게 물었다.

"비행 여행에서 가장 위험한 순간이 확률적으로 언제인지 알아요?"

"음… 인천공항 가는 길이요."

의외로 똑똑하네 하는 표정으로 그 호러물 조연 이미지의 의사가 한마디 더 했다.

"비행기 사고가 날 확률은 김혜경 씨가 로또에 당첨될 확률보다 낮아요."

정신과 의사도 참 어렵겠다. 이해는 되지만 참 조언치고는 너무 당연한 소리만 한다 했는데 희한하게 그 말이 상당히 도움이 되었다.

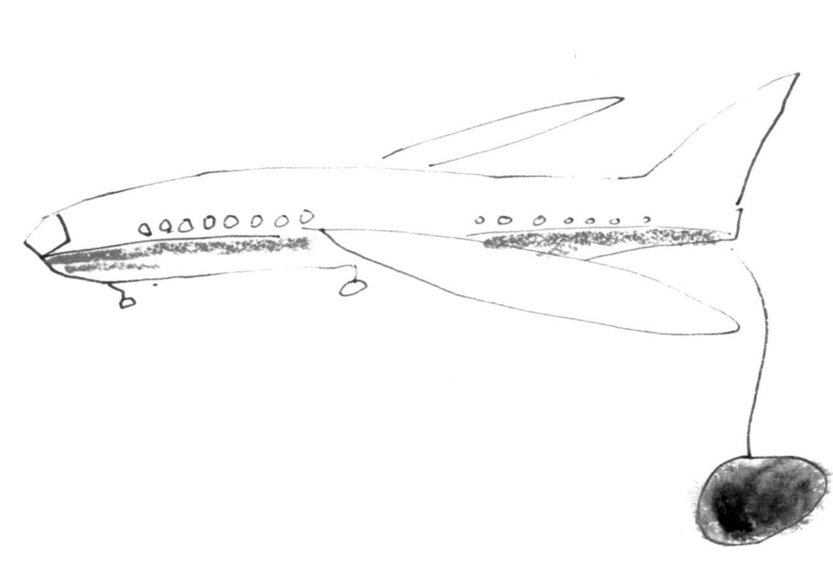

탁월함이란 하나의 사건이 아니라 습관

건축 일을 하는 동네 짝궁. 그의 대학 전공이 플루트란 얘기를 들었을 때의 뜨아함이란. 더구나 오스트리아인지 네덜란드인지에서 유학까지 한 음악도였다는 사실을 알았을 땐 약간 멘붕이 왔다. 음악가라면 영화 〈피아니스트〉에 나오는 애드리언 브로디 같은 '창백한 예민함' 이런 이미지를 갖고 있는데 그는 50대 대한민국 남자의 전형이랄까. 둥글둥글 사람 좋은 이미지에 늘 등산복 차림으로 어디에도 왕년의 음악도 이미지는 없다. 이런 내 마음을 읽었을까. 그가 한마디 했다.

"음악가는 예술가라기보다는 기술자에 가까워요. 특히 연주자는 연주 하나밖에 모르는 답답이들이고요."

흠, 생각해보니 그렇다. 얼마 전에 본 〈위플래쉬〉라는 영화 주인공은 최고의 드러머가 되기 위해 피를 철철 흘리며 연습에 몰두하고 사귀던 여자친구도 모진 말로 잘라낸다. 창의력이나 독창성을 기르기 위해서는 딴 일에 한눈을 팔 필요가 있다 같은 얘기는 개똥 같은 소리다.
창문 하나 없는 연습실에서 하루 열 시간씩 악보와 씨름하는 것은 감옥과 다름없다. 다르다면 타의가 아니라 자의로 스스로를 가둔 것일 뿐이다. 그래, 생각해보면 재능은 타고나는 것일지 모르지만 그 재능을 밖으로 끄집어내는 건 연습이고 그것을 습관으로 만드는 거다.

당신의 진정한 모습은
당신이 반복적으로 하는 행위의 축적물이다.
탁월함은 하나의 사건이 아니라 습성이다.
— 아리스토텔레스

광고장이의 때를 벗는다는 것

광고 회사에 다니다가 전업해서 NGO 단체에서 일하는 분을 만났다. 그분도 새로운 세계에 입문하기 위해 여러 가지 돌다리를 두드려본 듯하다. 대학원에서 사회공헌 관련 전공을 이수한 것도 그중 하나였다. 나도 생각하고 있던 터라 좀 배울 게 있더냐고 물어보니 대답한다.

"글쎄요. 뭐 사회공헌이 이론적으로 되는 학문이 아니라서 광고장이 때를 벗는 데 1년 수업료를 낸 셈이죠."

그러게, 나에게 주어진 숙제. '사회공헌을 크리에이티브하게.'

아직도 오리무중이다. 광고는 현실과는 어느 정도 거리감을 두고 그럴듯하게 포장하는 일이라서 스윽 훑어보는 걸로도 무언가를 뚝딱뚝딱 만들 수 있지만 착한 일을 한다는 건 훨씬 더 깊게 그 속으로 들어가야 한다.

기쁨과 슬픔은 언제나 동전의 양면처럼 공존한다. 기쁨을 주려고 슬픔을 어설프게 건드리면 상처만 깊어질 수도 있다.

'톰즈'에서 했던, 신발 하나 사면 아프리카 어린이에게 신발 하나가 주어지는 멋진 캠페인. 그런데 그 신발 때문에 아프리카 현지의 신발 공장이 망했다는 후문이다. 늘 일회성의, 순간적인 번뜩임으로 하루하루를 살았던 내게 사회공헌이란 일은 벅차다.

세상을 바꾸지 못한다면

스티브 잡스는 까만 셔츠에 청바지만 입었고 마크 주크버그는 회색 티셔츠에 청바지만 입는다. 무라카미 하루키 역시 꼼데가르송 흰색 셔츠에 청바지를 주로 입는다고 한다. 물론 그렇다고 해서 그들이 셔츠와 청바지를 아무거나 걸치는 건 아니다. 옷감의 소재나 바느질 같은 디테일에 목숨 거는 편집증이 있어 보이지만.

어쨌든 모두 심플한 삶을 지향한다. 옷이나 점심 메뉴 따위를 고르는 데 쓸 시간 따위는 줄이고 일에 더 집중하기 위해서일 것이다.

그렇다면 매일 뭐를 입을까, 무엇을 먹을까에 적어도 한 시간 이상 투자하는 나는 인류에 공헌하는 혁신적인 아이디어를 내기에는 부적절한 인간이라는 결론이다. 하지만 모든 인간이 맨날 똑같은 옷을 입으며, 스티브 잡스처럼 세상을 바꾸겠다고 덤비면 이 지구는 엉망진창이 될지도 모른다. 나처럼 옷장에 옷이 잔뜩이지만 옷이 없다며 옷 살 궁리를 하는 소소한 경제활동이 알게 모르게 조용히 세상을 바꾸고 있는 건지도 모른다.

오후에 재화와 어떤 옷도 1만 원을 넘지 않는다는 세컨핸즈 숍에 가기로 약속했다.

"언니, 언니! 쓰레기처럼 포대자루에 옷을 가득 담아서 킬로에 얼마 하는 식으로 재고 창고에서 가져온 옷이래. 빈티지하고 재미있는 옷이 너무 많아." 하면서 잔뜩 흥분해서 전화했다. 올해는 할머니처럼 스웨터에 꽃무늬 원피스를 입는 식의 그런지 룩이 유행이란다. 어차피 세상은 못 바꿀 테니 옷장이라도 바꿔야겠다.

다 절박함이 있다

동네 친구 부부들과 산채라는 유기농 식당에서 점심을 먹는다. 공교롭게 아내 두 명 다 유방암을 극복한 사람들이다. 어쩔 수 없이 두 아주머니는 건강강박증과 운동중독증이 있다. 물론 나는 유방암에 걸린 적은 없지만 갱년기를 맞이해 두 사람 못지않게 건강강박증과 운동중독이다. 동병상련이라 그릇이 깨지도록 건강 관련 수다를 떤다.

한 아내는 직접 채소를 기르고, 매일 마을 회관에서 요가와 줌바 댄스를 해서 얼굴에 반지르르 윤기가 난다. 또 한 명의 아내는 아직 불면증 같은 후유증이 있어서 서울 아파트에 살지만 호시탐탐 양평에 집을 사려고 눈독을 들이는 중이다. 두 사람 다 낙천적인 성격이고 운동도 열심히 했는데 왜 암에 걸렸는지 모르겠다고 갸웃.
"고기를 많이 먹어서 그런가? 나는 안 먹었는데."
"결국은 스트레스야."
"맞아 맞아. 꺄르르~"
문득 돌아보니 세 명의 남편들은 채소를 우적우적 씹으며 스님처럼 묵언수행을 하신다. 미안합니다. 뭐 정보공유 차원의 수다니까 이해해주세요. 생각해보면 서울에서 시골로 들어오는 사람 중에 그냥 좋아서 들어오는 경우는 드물다. 크든 작든 모두들 '절박함'이 있기 마련이다.

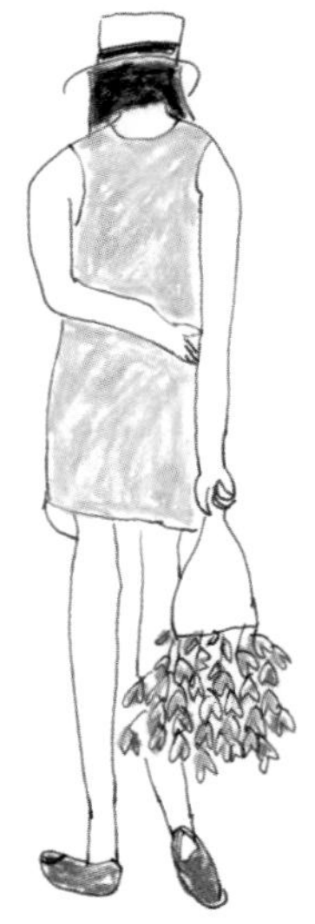

열 살 아래 와이프

옆집에 살고 있는 조카 부부는 아내가 열 살이나 아래인데 남편을 "야~" 하고 부른다. 화가 나면 서른 살인 아내가 마흔인 남편에게 "야~ 너 저기 가서 손들고 서 있어."라고 한다. 처음엔 너무 놀라서 어안이 벙벙하다가 조금 지나서는 그래도 남편인데 그러지 말라고 말리다가 지금은 나도 "야~" 하고 부른다. 확실히 나쁜 건 빨리 전염된다.

젊은 애들이라서 그런가 보다 했더니 50이 넘은 부인들도 남편을 '야 ~' 혹은 '누구누구야' 하고 부르는 경우가 많단다. 나는 늘 남편이란 존재는 약간 존경할 만한 구석이 있어야 한다고 생각하는데 내가 구식인 건지, 세상이 바뀐 건지. 요즘엔 나도 슬그머니 남편을 '야~' 하고 불러보고 싶어진다.

내용이 형식을 지배하기도 하지만 때로 형식이 내용을 지배하기도 한다. 사실 완벽하게 좋은 것도 없고 완벽하게 나쁜 것도 없다. 나쁜 것도 어떤 면에서는 좋은 작용을 한다. 확실히 남편이 꼴 보기 싫을 때 "야~" 하고 부르면 스트레스는 확 풀리겠지만 여전히 찜찜하다.

나는 당신 거, 당신은 내 거.

좀 간지럽지만 이런 게 부부다.

이런 게 사랑이다.

그래야 힘들 때 같이 견디고, 어려울 때 기댈 수 있다.

남자들의 장난감, 예초기

며칠 전 남편이 예초기를 사왔다. 설명서를 펴놓고 아이처럼 이리 맞췄다 저리 맞췄다 아주 신이 났다. 이상하게 생긴 바가지를 어떻게 연결하는지 몰라 끙끙 애를 쓰더니 턱하니 배낭처럼 짊어지고 얼굴에는 모기장 같은 걸 쓰고는 "디자인 예쁘지? 어때 폼 나지 않아?"라고 물어본다.

기가 막힌다. "바보 같아."라며 톡 쏘아붙이니 금방 시무룩. 예초기 같은 단순무식한(?) 기계를 가지고 예쁘냐고 물어보는 인간이 또 있을까? 아무튼 그 이상하게 생긴 바가지는 안전보호 장치란다. 돌이 튀거나 해서 다치는 걸 방지한단다. 모기장 스타일 모자는 당연히 벌에 쏘일 때를 대비한 필수용품. 조상을 모시는 건 자식 된 도리지만 좀 더 효과적으로 할 수는 없는 걸까. 기계라고는 1년에 단 한 번 벌초할 때 쓰는 게 전부인 도시의 기계치(?)들이 무거운 예초기로 낑낑대며 풀을 깎다가 응급차에 실려 갔다느니, 말벌에 쏘여 생명이 위독하다느니 하는 뉴스를 볼 때마다 참 황당한 나라라는 생각이 든다.

남프랑스에 있는 생 폴 드 방스란 마을에는 언덕 꼭대기에 마을 공동묘지가 있다. 샤갈의 무덤이 있다고 해서 들렀는데 아랫동네에 사는 자손들이 갖다 놓은 듯한 알록달록한 꽃들, 아기자기하게 장식한 십자가…. 묘지라기보다는 동화 속에 나오는 공원처럼 아름다웠다. "뭐 나라마다 장례 문화가 다르니까."라고 말하긴 했지만 우리도 이렇게 가까이에 무덤이 있으면 좋지 않을까.

조경 디자이너인 이웃 선생님은 얼마 전 어머니가 돌아가시자 집 옆의 뜰에 수목장을 하셨다. 생전에 어머니가 원하시기도 했지만 돌아가시더라도 가까이서 아침저녁으로 돌봐드리고 싶어서란다. 작은 돌계단을 두세 개 올라가면 어머니가 생전에 좋아하시던 나무 아래 오색조팝과 물망초 꽃을 쪼르륵 심고 묘비에는 어머니 함자와 애틋한 문구를 새겨 넣으셨다. 벌초 같은 걸 하러 갈 필요도 없고 아침저녁으로 어머니를 보니 참 행복하시겠다 싶다.

나는 뭐 큰딸도 아니고 큰며느리도 아니라서 발언권은 없지만 운전하랴, 벌초하랴 곤죽이 되어 돌아오는 남편을 볼 때마다 한심한 생각이 든다.

"엄마 아빠는 이담에 죽으면 화장해서 나무 아래 뿌려줘."

"알았어."

조금의 망설임도 없이 대답하는 아들. 자식 교육을 잘 시키고 있는 건지, 아닌지 헷갈리지만 죽고 난 뒤 내 누울 자리까지 걱정하기엔 삶이 너무 짧다.

새싹 샐러드 씨앗은 따로 있어요

남자도 갱년기란 게 있나 보다. 최근 들어 남편은 먹고 싶은 것도 많아지고 먹기 싫은 것도 많아졌다. 평소 잘 먹던 된장찌개인데 멸치 비린내가 난다고 숟가락을 놓더니, 얼마 전엔 먹방 프로그램 〈오늘 뭐 먹지?〉를 보다 말고 냉동실에서 주섬주섬 냉동 떡을 꺼내더니 참기름 소고기 떡국을 만들어서 혼자 한밤중이건 말건 쩝쩝 소리를 내며 먹는다.

"별일이네." 중얼거리며 나 몰라라 뜨개질만 하고 있었지만 안쓰럽기도 하고 마음이 짠하다. 최근에 남편이 꽂힌 건 새싹 샐러드. 같이 느긋하게 아침을 먹을 수 있는 토요일 아침이면 으레 남편은 게으른 고양이처럼 목을 빼고 자몽이 들어간 새콤 달콤하고 야들야들한 새싹 샐러드를 기다린다.

이 새싹 샐러드란 게 겨우 한 줌에 4000원, 왠지 비싸기도 하고 아예 길러서 먹어볼까 싶어 양재 꽃시장에 갔다. 와~ 새싹 샐러드용 씨앗이 왜 그리 많은지. 그런데 놀라운 사실 하나. 새싹 샐러드용 씨앗이 따로 있다는 것이다. 보통 씨앗은 소독 처리를 하지만 새싹은 무농약 무공해 씨앗을 써야 한다. 헉, 몰랐으면 매일 초록 탈을 쓴 소독약을 씹어 먹을 뻔했다. 휴~ 브로콜리, 밀싹, 보리, 청경채, 메밀, 무순. 새싹 전용 용기까지 무려 3만2000원어치를 사서 의기양양하게 돌아온다.

일요일, 껌처럼 소파에 들러붙어 있는 남편을 겨우 일으켜 세워 뚝딱뚝딱 상자 세 개를 만들었다. 산에서 흙을 파오고 체에 내려 고운 흙만 담는다. 씨앗은 물에 불려 분무기로 물을 뿌려 뒤뜰 그늘에 놓아두었다. 이제 주말을 기다리기만 하면 된다. 봉지엔 '일주일이면 먹을 수 있는 새싹 샐러드 씨앗'이라고 쓰여 있으니까.

광고장이만큼 광고에 잘 속는 인간들도 없지만 믿지 않는다고 별 뾰족한 수도 없으니까 흠. 새싹아 돋아라, 얍!

갈팡질팡

책상이 넓어서 좋을 건 없다.
이 책 저 책 늘어놓고, 이 책에서 두 줄 저 책에서 세 줄 마음만 흩어진다. 〈CSR 5.0〉 〈마케팅 상상력〉 〈킨포크〉 〈단〉 읽어야 할 책과 읽고 싶은 책 사이에서 갈팡질팡. 도대체 집중이란 찾아볼 수 없는 금요일 아침이다.
늘 내게 따뜻하게 대해주셨던 사장님의 어머니께서 돌아가셨다는 소식. 상가에 가야 하는데 누구와 함께 가야 할지 또 갈팡질팡. 평소 회사 임원들과 점심도 같이 먹고 술도 먹고 같이 놀아야 이럴 때 자연스러울 수 있는데, 맨날 젊은 친구들이랑 먹거나 혼자서 산책하는 걸 좋아하니 이럴 때 나란 사람은 참 힘들다.

이상하게 마음이 아파

이제 우리 집에 온 지 벌써 1년이 되어가는 반려견 쿤이.
그런데 여전히 녀석을 보면 마음이 짠하다.
혼을 내도 얼른 미안해지고
밥을 잘 안 먹어도 괜히 미안해지고
나를 가만히 쳐다봐도 왜 그런지 미안해진다.
폴에게 주는 마음과는 완전 다른 마음이다.

폴에겐 소리 지르거나 혼을 내도 미안하지 않고 덤덤한데
참 이상한 마음이다.

처음 부모에게서 버림받고, 두 번째 집에서도.

언젠가 입양한 아이가 심하게 말썽을 피우는데도 매를 들지 못하고
눈물만 흘린다는 부모 얘기를 들은 적이 있는데
이런 마음이었을까.

제인이 만든 샐러드, 혜경이가 만든 사라다

토요일 아침, 오랜만에 신경 써서 만든 샐러드를 인스타그램에 올렸더니 '이거 완전 킨포크 스타일 사진이네요.' 누군가가 불쑥 댓글을 단다. 로메인, 루콜라, 자몽, 아보카도, 렌즈콩, 올리브오일, 발사믹 식초.

백화점에서 요즘 핫하다는 재료를 골라 골라 사온 것을 늘어놓고 보니 내가 혜경인지 제인인지, 여기가 포틀랜드인지 수입리인지, 먹는 게 메인인지 사진 찍기가 메인인지, 이렇게 사는 게 옳은 건지 틀린 건지. 이런저런 생각에 아침부터 부글부글.

오늘 아침은 심란해져서 맨해튼 스타일의 샐러드를 할지 옛날 스타일의 사라다를 할지 헷갈리다가 결국 삶은 달걀에 사과, 당근, 생고구마를 깎아 먹었다. 그런데 뭔가 제대로 차려 먹지 못한 것 같은 찝찝한 기분은 뭐지?
잘 차려 먹고 싶은 건 인간의 본능이고 잘 차린 걸 누군가와 나눠 먹고 싶은 것도 본능이고 잘 차린 걸 누군가가 알아주면 행복한 기분이 드는 것도 본능이다. 그렇다고 다 괜찮다 하기엔 생각이란 걸 하고 살아야 하기에 '인간'이니까 잘 살고는 있는데 제대로는 못 살고 있는 것 같아 반성 모드.
식탁에 차려놓고 남편이 먹을라치면 "아직 먹지 맛! 사진 안 찍었어."라고 소리치는 나를 어쩌면 좋을까. 문득 고개를 들어보니 언제 나왔는지 작년에 심은 작약에 봉오리가 열렸다. '아, 잠깐잠깐 날 쳐다보세요. 지금 꽃봉오리 피울게요'라고 소리치는 꽃은 없는데 심각해지고 싶진 않지만 나잇값은 해야겠다.

오늘도 투덜투덜

회사를 옮기거나 승진할 때마다 하는 고민 중 하나는 옷차림.
이 옷은 이 회사에 어울릴까?
이 옷은 나의 직함에 어울릴까?
처음으로 임원이 되었을 때 임원에 어울릴 법한 투피스라 불리는 정장 세 벌과 하이힐을 샀다. 결국 쓸데없는 짓을 했다는 결론을 내는 데 그리 오랜 시간이 걸리지 않았다. 신기하게도 옷에 따라 행동도 생각도 바뀌는 게 인간이다. 아니 나처럼 정신력이 나약한 인간에게 한정된 것인지도 모르지만.
예상대로 하이힐에 몸에 끼는 정장을 입었더니 정말 임원 같은 말투가 나왔다. 뭔가 격식 있고 우아한. 그런데 문제는 그게 '나' 같지 않다는 것. '지랄'이나

'똥강아지' 같은 단어를 수시로 읊어대고 물개박수를 치며 박장대소하는 것이 일상인 내가 갑자기 〈악마는 프라다를 입는다〉의 메릴 스트립이 될 리가 만무하지 않은가. 결국 200만 원 넘는 거금을 버리고서야 '임원처럼 보이는 것'보다 '나답게 일하는 게 중요하다'는 걸 깨달았다.

다시, 스니커즈나 뭉툭한 굽의 워커와 이 옷 저 옷 겹쳐 입는 레이어링 스타일로 복귀했다. 상주도 아닌데 검은색 일색의 양복 차림에 넥타이를 매는 임원 분들께 죄송한 마음 그지없지만 너그러운 아량으로 이해해주시길 바라면서 오늘도 나는 스니커즈에 살짝 해진 청바지.

"세상의 고정관념에 '아니요'라고 말할 수 있는 것, 그것이 혁신입니다."라고 스티브 잡스가 그랬다. 나는 뭐 '아니요'라고 나서서 말할 용기는 없고 그저 정 안 되시면 저를 자르셔도 괜찮습니다 정도의 마음으로 오늘도 투덜투덜 출근한다.

super normal.

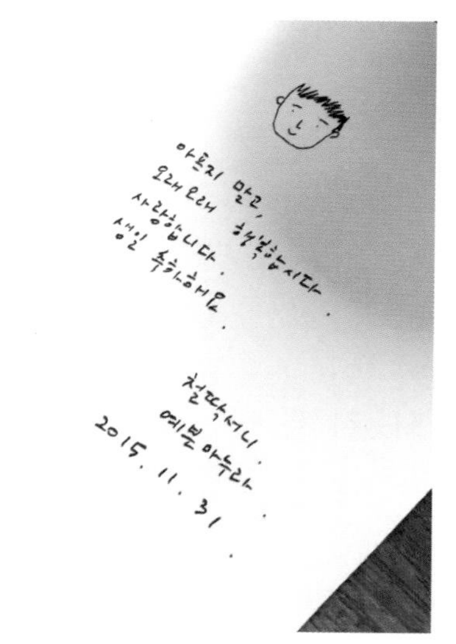

아프지 말고,
오래오래 행복합시다.
사랑합니다.
생일 축하해요.

철딱서니
예쁜 마누라.

나이가 들면 왜 말이 많아지는 거지?

이 주제로 동네 친구들과 심각하게 토론을 한 적이 있다. 개중엔 가방끈이 꽤 긴 사람도 있고, 예술가도 있고 해서 처음엔 그럴싸한 의견이 오고 갔지만 결국 막판에 언성이 높아지면서 여자들은 남자들 때문에, 남자들은 여자들 때문이라는 어처구니없는 결론이 났다.

일일이 그 과정을 설명한 필요도, 능력도 없으니까 생략. 그런데 집에 와서 곰곰이 생각해보니 그건 핑계일 뿐이고 사실 우리 머릿속이 그동안 마구잡이로 주워 담은 각종 정보로 가득 차서 부글부글, 입으로 삐져나오는 게 아닐까 하는 생각이 들었다.

얼마 전에 10년 만에 친구를 만났다. 예전엔 말없이 미소만 짓거나 상대방의 얘기에 가만히 고개를 끄덕이던 소녀 같은 친구였는데 쉴 틈도 없이 얘기하는 통에 혼이 쏙 빠져버렸다. 많은 곳을 여행하고, 많은 것을 배우고, 많은 사람을 만났단다.
신기하기도 하고 배울 것도 많았지만 왠지 중국식 공갈호떡을 먹었을 때처럼 헛배만 빵빵한 그런 느낌은 무엇이었을까. 말을 많이 하면 스트레스가 풀린다 어쩐다 하지만 과하면 허탈하고 부끄러워진다.
아무리 아닌 척해도 결국은 자랑질, 남의 험담 아니면 검색창만 두드리면 금세 나오는 잡다한 정보다. 남 얘기할 것 없이 나부터 문제다. 요즘 와서 말이 부쩍 많아졌다. 요즘 '정리정돈'이 라이프스타일의 화두라는데 일단 냉장고를 정리하기 전에 머릿속부터 정리해야겠다.

과감하게 싹 비우고 꼭 필요한 몇 가지만 남겨두자.
예컨대 나의 사소한 행동 때문에 누군가가 기뻐했던 기억 몇 가지.
나를 사랑해준 사람들에 대한 고마움.
그리고 외로울 때 꺼내서 야금야금 씹어 먹을 추억 왕창.
둘째 언니한테 30센티 자로 맞았던 기억 같은 것들….

버리자고 해놓고 또 넣어둘 것만 생각난다. 병이 심각하다.

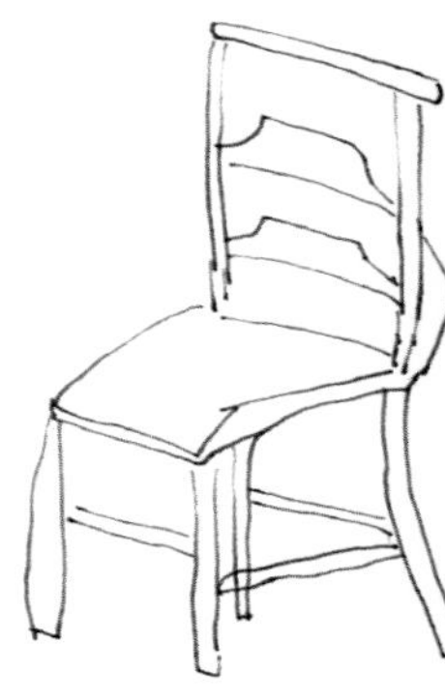

임원의 프레젠테이션

회사 병아리 시절에는 임원이 되면 아무리 중요한 자리라 해도 떨지 않고 일사천리로 말이 나오는 줄 알았다. 그런데 이제 그 자리에 올라보니 임원이나 신입이나 도긴개긴. 큰 그룹의 임원회의는 전무급이 말하자면 말단 사원급이다. 부회장님 한 분, 사장님만 세 분, 부사장님들이 잔뜩인 임원간담회 자리. 나를 포함해 이사님 한 분, 전무님 두 분이 브리핑을 해야 한다.
나는 두 번째 순서. 발표할 자료에 빨간 볼펜으로 애드리브를 깨알같이 잔뜩 써놓고 중얼중얼 외우고 있으려니 옆자리에서 비슷한 웅얼웅얼이 들린다. 슬쩍 훔쳐보니 옆자리 전무님도 나와 똑같이 볼펜으로 열심히 애드리브를 쓰고 계신다. 평소의 간지로는 절대 그러실 분이 아닌데 급하셨나 보다.

긴장이 탁 깨지면서 배시시 웃음이 났다. 이건 뭐 숙제 검사를 앞둔 초등학생들과 진배없지 않은가. 나도 모르게 전무님 옆구리를 툭 치면서 "에이 전무님, 연필로 쓰시면 잘 안 보여요. 빨간 볼펜으로 쓰셔야 잘 보이거든요." 했더니 늘 근엄 모드인 전무님도 배시시 웃으신다. 둘 다 긴장의 끈이 탁 풀리면서 그날의 프레젠테이션은 물 흐르듯 자연스럽게 끝났다.

결국 프레젠테이션 천재 같은 건 없다. 스티브 잡스도 긴장 때문에 신경안정제를 먹고, 한밤중에 홀로 깨서 프레젠테이션 자료를 달달 외웠을 것이다. 만일 PT를 앞두고 숨이 차고 온몸이 떨린다면, 내 앞에 앉아 있는 저들도 어쩌면 내가 혹시 질문이라도 할까 봐 전전긍긍하고 있을 거라고 생각하자. 십중팔구 떨리는 심장이 진정될 것이다.

NICON

다행히。

누가 뭐래도 단품 요리

어제는 야채 덮밥.
그저께는 야채 볶음밥.
그끄저께는 야채 비빔밥.
오늘은 음… 야채 솥밥.

나는 전생에 토끼였을까(?)를 의심하게 되는 무無아이디어 식단. 덕분에 남편까지 토끼 사촌이 될 지경이다. 그래도 건강은 챙겨야 한다는 굳은 신념과 레시피는 세 줄을 넘지 않아야 한다는 지조와 요리까지 잘하려고 애쓰지 않겠다는 강력한 의지가 돋보이는 식단이다.

종종 "음… 전무님은 요리도 잘할 것 같아요. 호호~" 하는 말을 듣는다. 이때가 가장 위험하다. 일 잘하고 살림 잘하는 슈퍼우먼에 대한 동기가 부여되면 끝장이다. 뭐든 남보다 잘해야 한다는 나 같은 '자기과시형' 인간은 절제를 모른다. 기를 쓰고 요리책을 사모으고, 없는 시간을 쪼개 요리를 배우고, 그러다 장렬히 전사할 게 불 보듯 뻔하다. 다행히 요리에 대한 열망은 그리 과하지 않아서 그저 요리책을 사모으고, 쓰지도 않는 각종 허브와 양념을 사들이고, 특이한 그릇을 사는 정도로 욕심이 해결되고 있다.

최근에 구입한 책 〈반찬이 필요 없는 밥 요리〉는 나 같은 직장맘을 노린 마케팅 전략이 빤히 보이는 제목인데 또 낚였다. 광고장이들이 광고에 속는다는 속설을 어찌 그리도 실천하고 있는지. 아니나 다를까. 단지 단품 요리를 선택해서 집중했다는 걸 빼고는 비슷비슷한 요리책. 결국 화학조미료를 덜 먹으려면 야채란 야채는 다 집어넣고 굴소스나 카레가루, 쯔유 같은 것을 넣고 휘리릭 볶아 먹는 것이 최선이다.

자, 오늘도 토끼가 됩시다.

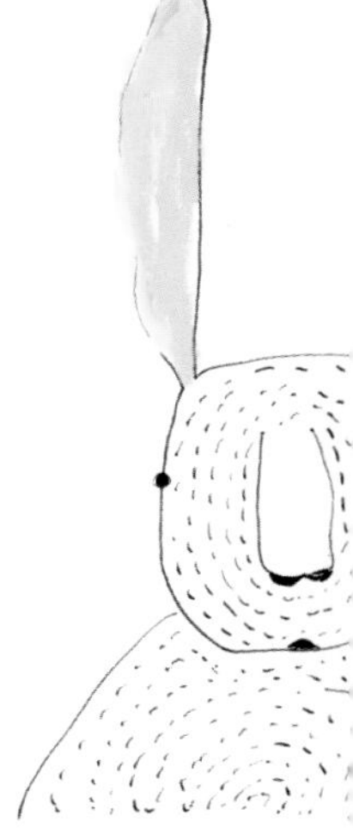

뾰족구두의 결과

요가 선생님의 권유로 무지외반증 교정기를 구입했다. 엄지발가락이 두꺼비 눈알처럼 톡 튀어나와서 오래 걸으면 벌겋게 부어오른다. 한창 프레젠테이션용 복장에 신경을 쓰던 30대 시절, 열심히 뾰족구두를 신고 다닌 결과다. 키가 커 보이는 것과 일 잘하는 것은 아무런 상관관계가 없음에도 불구하고 일하는 여자의 공식 복장이랄까. 그런 것에 하이힐이 있다. 어쩌면 보이지 않는 곳에서 묵묵히 고생하고 있는 건 약간만 삐끗하면 십중팔구 부러질 것 같은 가느다란 발목과 좁은 공간에서 잔뜩 움츠리고 있는 발가락일지도 모른다. 수치상으로 확인된 바는 없지만 아마 직장 여자들 80퍼센트 정도는 무지외반증이 있을 것이다.

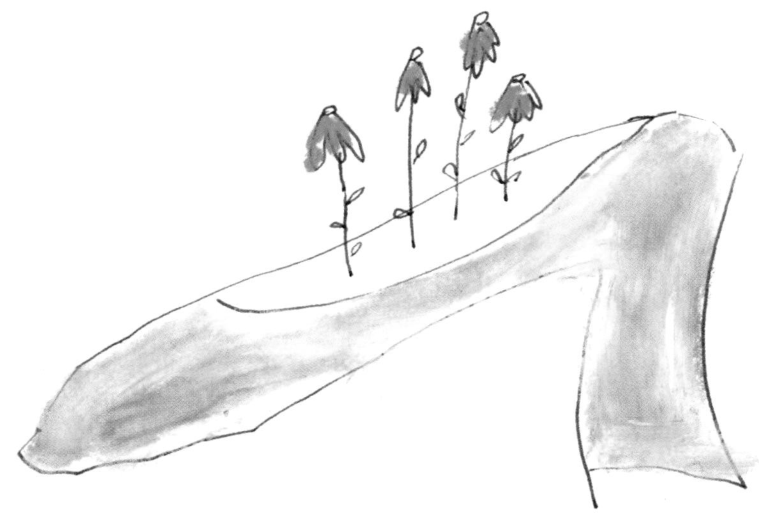

이제 더 이상 젊지 않은 나이가 되니 키가 커 보이고 싶다는 욕망도 조금씩 사라지고 하이힐이 주는 카무플라주 효과가 생각보다 크지 않다는 것도 알게 되었다. 때문에 언젠가부터 신발장 속에 하이힐 대신 뭉툭하긴 해도 편안해 보이는 단화가 자리 잡게 되었다. 당연히 복장도 단화에 어울리는 통이 넓은 바지나 무릎 아래 길이의 치마로 바뀌었다. 패션이 바뀌니 덩달아 생각도 바뀐다. 예전엔 나보다 남의 시선을 먼저 신경 썼다면 지금은 '내가 편해야 남도 편하지' 하고는 속 편하게 생각해버린다.

하지만 아직도 신발장에는 예전에 신던 하이힐들이 고스란히 자리 잡고 있다. 뭐랄까. 하이힐은 '나도 여자'라는 것을 확인할 수 있는 그런 아련한 부분이 있다. 옷장에도 여간해서는 입지 못할 짧막한 미니스커트가 대롱대롱 매달려 있는 것처럼.

남편은 "안 입는 것 좀 제발 버려."라고 하지만, 그래도 여자라는 동물은 어쩌지 못하는 그런 부분이 있다는 걸 남자라는 바보들은 알지 못한다.

오늘 아침만 해도 그랬다. 여름 내내 잘 입고 다니던 폭 넓은 통바지와 하얀 남방이 선머슴 같아서 왠지 보기 싫다. 가을이 오고 바람이 소슬해지니 뭔가 여성스러워지고 싶어서 나풀나풀한 실크 치마를 입고 신발장 깊숙이 있던 약간 끝이 뭉툭한 힐을 꺼내 신었다. 기분이 조금 좋아졌다.

여자란 그런 동물이다.

자율 주행차 세상이 오면 누가 제일 좋을까

자율 주행차. 자동차 회사들이 보는 시각은 운전자가 있으면서 운전하지 않는 차. IT 메이커들이 보는 시각은 운전자가 없으면서 운전하지 않는 차. 흠 그러니까 자동차 회사의 자율 주행차는 차가 여전히 주인공이고 IT 회사의 차는 IT를 탑재하고 달리는 도구일 뿐이다.

아~ 골치 아파.

아무튼 그들의 속셈은 달라도 어쨌든 운전할 필요가 없는 세상이 온다는 얘기다. 양평에서 양재까지, 양재에서 양평까지 하루에 100킬로미터씩 운전하고 다니는 나에겐 꿈같은 얘기다. 내가 회사를 그만두기 전에 그 세상이 오려나….

그런데 한 손으로는 담배를 척하니 꼬나물고 한 손으로는 핸들을 휘휘 돌리며 운전이 무슨 남자의 특권인 양 갖은 폼을 잡는 그 마초 같은 남자들은 어떡하나. 더구나 운전수라는 직업이 없어질 텐데…. 그럼 대량 실업 사태. 꼬리에 꼬리를 물고 걱정이 뭉게뭉게…. 오늘은 불금. 걱정은 걱정인형한테 맡겨두고 영화나 한 편 보고 불닭이나 먹어야겠다.

스칸디나비아 언어는 뭐에 쓰려고?

"엄마, 졸업하기 전에 1년 정도 휴학하고 싶은데…."

스칸디나비아어를 전공하는 아들 녀석이 지난 주말에 집에 와서는 앞뒤 없이 툭 하고 말을 던진다.

"왜?"

"1년만 음악을 해보려고."

"음, 왜?"

"지금 안 해보면 평생 후회할 것 같아서."

"…."

'그걸로 먹고살 수 있겠어?'라는 말이 입속에서 뱅뱅 돌았지만 입을 꽉 깨물고 참았다.

"하고 싶은 걸 찾은 건 다행이긴 한데…." 하고 얼버무렸다.

녀석도 다 알고 있을 테니까.

음악에 천재적 재능이 없다는 것도 먹고살 길이 보장되지 않는다는 것도 자신의 인생을 엄마나 아빠가 만들어주지 않는다는 것도.

그럼에도 불구하고 하고 싶다면 해봐야지 별수 없다.

왜냐면, 녀석은 아들이고 나는 엄마니까.

자식은 부모를 가르치기 위해 태어난다고 했던가.

내가 기대하는 모습이 아니라 있는 그대로 인정하는 법을 가르치기 위해서.

하긴 내 발등을 내가 찍었다.

"그럴 수만 있다면 샐러리맨은 하지 마라."

"먹고사는 것보다 행복한가 아닌가가 더 중요하다."

"남들과 똑같이 사는 게 잘 사는 건 아니다."…

이런 폼 나는 말들은 인문학자들이나 하는 이상적인 얘기인데 평생 직장생활을 한 내 스스로가 지겨워서 틈만 나면 했던 말이 부메랑이 되어 돌아왔다.

아들과 나는 미장원 동기

딸과 같이 하고 싶은 버킷리스트 10

1. 옷 같이 입기
2. 같이 미장원 다니기
3. 파스타 만들어 먹기
4. 없는 데서 아빠 욕하기
5. 같이 누워서 마사지 받기
6. 화장품 나눠 쓰기
7. 패션 스타일 조언해주기
8. 뮤지컬 보러 다니기
9. 연속극 보고 수다 떨기
10. 예쁜 카페 섭렵하기

딸이 있다면 하고 상상해보니 사실, 이 모든 것을 아들과 한다고 해도 전혀 이상할 것 없는 세상이다. 생리대를 나눠 쓴다든지 목욕탕에서 등을 밀어주는 것 등 정말 여자들끼리만 할 수 있는 것을 빼고서는. 사실 키가 183이나 되는 우리 아들도 옷장에 있는 내 옷을 뒤진다. 꽉 끼는 55 사이즈의 내 재킷을 빈티지 스타일이니 하면서 잘도 입고 다닌다.
주말에 가끔 집에 들르면(녀석은 자취 생활 10년째다) 마치 친정에 온 딸처럼 파스타 재료나 요리 도구를 챙기고 향초나 방향제, 비싼 스킨 같은 것에 욕심을 낸다. 나도 만들어본 적 없는 파와 버터를 잔뜩 넣은 간장 버터 파스타 같은 걸 휘리릭 해주기도 하고 맛있는 카페 이름을 줄줄이 외운다.

딸 없는 나야 아들이 딸 역할을 해주니 좋지만 여전히 옛날 남자인 남편은 끄응 못마땅한 눈치다. 며칠 전 단골로 다니는 헤어숍에 염색하러 갔더니 바로 전날 아들이 파마를 하고 갔단다. 당연히 외상으로 걸어놓고 계산은 엄마가…라고 했단다. 헤어숍 원장과 얼마나 수다를 떨었는지 나보다 그 녀석에 대해 시시콜콜 알고 있다. 요즘 남자 녀석들이란 쯧. 립스틱이나 아이라인을 바르겠다고 나서지 않으면 천만다행인 세상이다.

사실, 대학교에 입학하고 거의 2년 동안 여자친구가 없다는 걸 알았을 때 남편과 나는 혹시(?) 하고 내심 걱정했다. 다행히 아들 녀석은 목소리가 걸걸하고 남자다운 구석도 상당한 편이라 안심하고 있지만, 이제는 남자답다와 여자답다가 그다지 중요하지도 않은 모양이다. 회사 신입사원 교육 때 '답다'라는 화두로 강의를 했었는데 씨알이나 먹혔을까 괜히 뜨끔해진다.

그나마 같은 미장원에라도 다녀야 아들 녀석의 얼굴을 한 번이라도 더 보고, 고민거리라도 들을 수 있으니 남자답다, 여자답다보다 더 중요한 게 가족답다인지도 모르겠다. 그러자면 여전히 미용(?) 따위에 돈 쓰는 것을 아까워하는 남편을 미장원 동기로 끌어들이는 일만 남았다. 미장원에서도 패밀리 할인요금이란 게 있는지 모르겠지만.

블루투스 스피커

광고 회사에서는 허용되던 것들이 새로 옮긴 회사에서는 어려운 게 많다. 예컨대 근무 시간에 음악을 듣거나 쇼핑하는 것. 딱히 규정 같은 건 없지만 분위기가 그런 것 같다. 보안 때문이긴 하지만 딴짓을 할 수 있는 모든 루트가 차단되어 있다.

하지만 딴짓이야말로 창의적인 생각의 마중물 같다고 누누이 강조해온 나는 어떡하지. 안 되는 것을 안 하는 착한 방법으로 세상을 살기에 나는 지위도 있고, 너무 늙기도 했고, 무엇보다 좋은 생각이 안 나고…. 온갖 핑계를 대며 후배에게 SOS를 쳤다.

"그거요. 블루투스 스피커를 사세요. 핸드폰 데이터 요금제를 무제한으로 바꾸시고.”

문제가 있으면 해결책이 있는 법. 바로 탁상용 블루투스 스피커를 샀다. 그것도 오디오의 명품 브랜드 보스로. 사운드도 나쁘지 않다. 작아서 티도 많이 나지 않는다.

생각을 하래서 생각을 하자니
생각을 그렇다고 생각을 멈추자니
질문을 하래서 질문을 하자니
자기는 피곤해서 먼저 집에 간다니
햇빛은 따뜻하고 곧 영하의 날씨
핫초코는 좋고 곧 나갈 7시 라라라라라~

블루투스로 유자사운드의 노래를 듣는다. ‘생각을 하자니’의 밑도 끝도 없고 우물거리는 가사가 묘하게 매력적이다. 요즘 인디밴드들의 노래는 너무 의미심장하지 않아서 좋다. 혁오 같은 밴드도 ‘별것 아니잖아 힘 좀 빼’ 이런 식의 노래라 좋다. 위로가 필요한 세상이라 그런가 보다.

쉬는 연습

자꾸자꾸 하다 보면 되는 게 세상 이치인데
연습해도 안 되는 게 있다.
예컨대

쉬는 것.

선한 기업

매일매일
착하다,
선하다,
도덕적이다, 아니다….
이 단어들을 붙잡고 늘어지고 있다.

세 달 전까지도
매일매일
팔릴까, 안 팔릴까.

임팩트가 있는가, 없는가.
이길 수 있는가, 없는가.
이런 단어들에 목숨을 걸었었다.

생각의 주제와 목표는 달라졌지만
숙제를 해결하는 방법은 동일하다.

크리에이티브한가, 아닌가.

카레집을 할 거야

은퇴하면 카레집을 할 거야라고 했더니
왜 하필 카레냐고 한다.
"카레를 좋아하니까."
그 대답으로는 시원치 않나 보다.
"그거밖에 없어?" 다른 이유를 대보란다.
물론 모든 이유를 꼽아보라고 한다면 열 손가락을 다 댈 수 있지만
'좋아하니까'보다 더 중요한 이유는 없다.

30년 넘도록

좋아하는 것보다 싫은 일을 더 많이 했는데
은퇴하면 좋아하는 이유 말고 또 다른 이유 때문에 일한다는 건
너무 슬프다.

린다 매카트니

멋지게 생긴 건 부럽지 않은데
멋진 표정은 부럽다.

하도 모두들 〈린다 매카트니전〉을 보러 가기에
그럼 어쩔 수 없지. 나도… 하고 갔던 〈린다 매카트니〉 사진 전시회.

단지 유명세 때문만은 아니었다.

자신감이 넘치면서도

LINDA
McCARTNEY

자신감이 넘치지 않는
그런 묘한 표정을 가진 린다 매카트니.

'우쭐' 하는 듯한 폴 매카트니의 표정과는 비교할 수 없는 고귀함이 있다.

미모는 타고나니까 어쩔 수 없지만
표정은 누군가의 살아온 나날.
…

젊었을 땐 "얼굴이 예쁘네요."라는 말에 마음이 흔들리지만
나이가 들면 "얼굴이 좋네요."라는 말이 더 듣고 싶어지는 법.

나의 지나온 나날이 되돌아봐지는
좋은 전시였다.

여자 임원

회사 여자 화장실은 무시무시한 대화들이 오가는 곳이다.

"넌 이제 죽었어. 여자가 거기까지 갔으면 볼장 다 본 거야. 성격이 얼마나 지랄맞겠니…."

커피잔을 씻고 있는 내 비서에게 걱정하는 척하며 언니 비서들이 해준 말이란다.

"그래 나랑 겪어보니까 어떠니?" 하고 빤히 보이는 질문을 하니 "천사표세요."라며 빤한 답이 돌아왔다. 이런…. 생각해보면 여자 임원이 아니라 여직원이라고 불리던 시절, 나는 정말 지랄맞았던 것 같다. 일 못하는 상사가 호통을 치면 두 눈을 똑바로 뜨고 대들었고, 여직원들의 단체 퇴사 서명을 받아

결국 최초의 여자 대리 직함을 따내고, 내 팀원에게 내 험담을 하는 사장님께 하실 얘기가 있으시면 내 앞에서 해달라고 거침없이 내지르던…. 단지 여자라는 이유로 부당함을 받는다고 생각했던 시절이었다. 괜히 억울했고 그래서 괜히 남자처럼 강해 보이려고 거칠었던 시절이었다.
이제 여직원이 아니라 여자 임원이 되고 보니 여자의 무기와 남자의 무기는 정말 다르구나 생각이 든다. 임원이라는 자리는 내가 일을 하는 것이 아니라 남이 일을 하게 만드는 자리다. 대부분이 남자인 회사라는 세상에서 여자 임원으로 살아남으려면 '모성'이라는 무기로 남자들을 내 편으로 만들어야 한다. 더 이상 '지랄'이라는 리더십은 통하지 않는다.
가끔 "어떻게 해야 사회에서 여자가 성공할 수 있나요?"라는 질문을 받으면 "가능하면 결혼도 하고 아이도 낳으세요."라고 대답한다. '그런 거 말고' 하는 표정이 역력하지만 그래도 그게 정답이다(대통령은 결혼도 안 하고 애도 안 나왔는데…라고 하실 분도 있겠지만, 대통령은 성공이라는 잣대를 들이댈 자리가 아니지 않은가요?). '모성'이라는 무기가 모든 여자에게 주어진 건 아니다. 내 뱃속으로 아이를 낳아보고 한밤중에 깨서 응급실에 쫓아가본 엄마들의 모성은 책이 아니라 몸으로 깨달은 것이라 공감의 깊이가 다르다.

'공감'의 능력이 스펙이 되는 세상.
그런 면에서 여자들에게 참 좋은 세상이 왔다.
비타민과 슈퍼푸드를 열심히 챙겨 먹고 스트레스를 이기기만 하면 된다.

열정 페이

열정 페이란
열정을 높이 사서 그 대가를 지불한다는 뜻일까.
아니면 열정을 미끼로 노력의 대가를 깎는다는 뜻일까.
긍정이든 부정이든
'기회'라는 것이 부재하는 요즘 같은 세상에
열정을 재능으로 본다는 것만으로도 다행은 아닐까.

열정은 흔히 젊은이들의 전유물로 생각하지만
늙은이들의 열정은 뜨겁진 않지만

오래오래 지속하는 힘이 있다.

오늘 나의 열정 페이는 얼마일까?
생각하게 되는 하루다.

지병

회사를 30년 정도 다니면 많은 것을 얻는다.
위경련을 동반한 미란성 위염.
화폐상습진을 기본으로 한 복합적 피부병.
패쇄공포증을 동반한 비행공포증.
거북 목에 의한 팔다리 저림.
자궁 근종 순환성 장애로 인한 빈혈.
일시적 기억장애에 의한 프레젠테이션 증후군….

그리고 그 모든 것을

그 정도면 뭐 괜찮아… 하고
무시할 수 있는 용기.

은 숟가락처럼 매일매일 닦지 않으면
녹슬어버리는 것이 인생이다.

완전히 새것처럼 보이고 싶다는 욕심 같은 건 버린 지 옛날.
하지만 깨끗하게 닦고 바르게 펴서 조이면
또 다른 반짝거림이 나타난다.
세월의 생채기가 더해진 아름다움이다.

사람 잡는 슈퍼푸드

입안이 까끌까끌.
떫은 감을 먹은 것처럼 혀끝이 아리다.

아사이베리 분말, 캡슐 유산균, 오메가3, 스피루리나,
병아리콩, 바질 시드, 치아 시드, 오트밀….

생각해보니
몸에 좋다는 걸 너무 먹고 있다.
그것들이 몸속에서 부글부글

서로 잘났다고 싸우다가
"우리 이럴 게 아니라 주인을 공격하는 게 어때?"
눈을 찡긋하며 작당하고 있는지도 모른다.

으으으악~
무서워.

오늘 저녁엔 된장국에 밥 먹어야지.

냉장고 방

냉장고에 코끼리를 넣는 방법은 냉장고 문을 연다, 코끼리를 넣는다, 냉장고 문을 닫는다. 그렇다면 코스트코에서 사온 덕용 사이즈 냉동식품을 팍팍 넣을 수 있는 초대형 냉장고를 집에 넣는 방법은? 초대형 냉장고를 주문한다, 초대형 냉장고가 배달된다, 초대형 냉장고를 설치한다.

이렇게 세상살이가 간단하면 얼마나 좋을까. 여차하면 삐삐~ 소리를 내며 고장 나는 빌트인 냉장고(중국산인지도 모르고 폼 난다는 인테리어 업자의 농간에 속았다) 대신 800리터짜리 국산 초대형 냉장고를 쓰고 싶어서 현관문을 깨부수고 냉장고 방까지 만들었는데 결국 전기요금 왕창 나오는 미제 냉장고를 살 수밖에 없었던 기구한 사연. 사람들은 듣고 싶으려나?

아무튼 우리 집에는 역사상 유래 없는 냉장고 방이 있다. 뭐 냉장고 회사 사장도 아니고 '냉장고는 소중하니까요'라고 광고할 생각은 애초에 없지만 그런대로 좋은 점이 있다면 윙~ 하고 돌아가는 냉장고 소리가 들리지 않는다는 것. 또 하나, 손님들이 오면 "우리 집엔 냉장고 방도 있다고요 호호" 하고 호들갑을 떨 수 있다는 것. 물론 손님들은 뜨악한 표정을 짓지만.

인생을 살아가는 데는 각종 수업료가 필요하다. 우리처럼 부부가 모두 생각보다 행동이 앞서 가는 O형인 경우 수업료가 두 배 들어갈 것을 각오해야 한다.

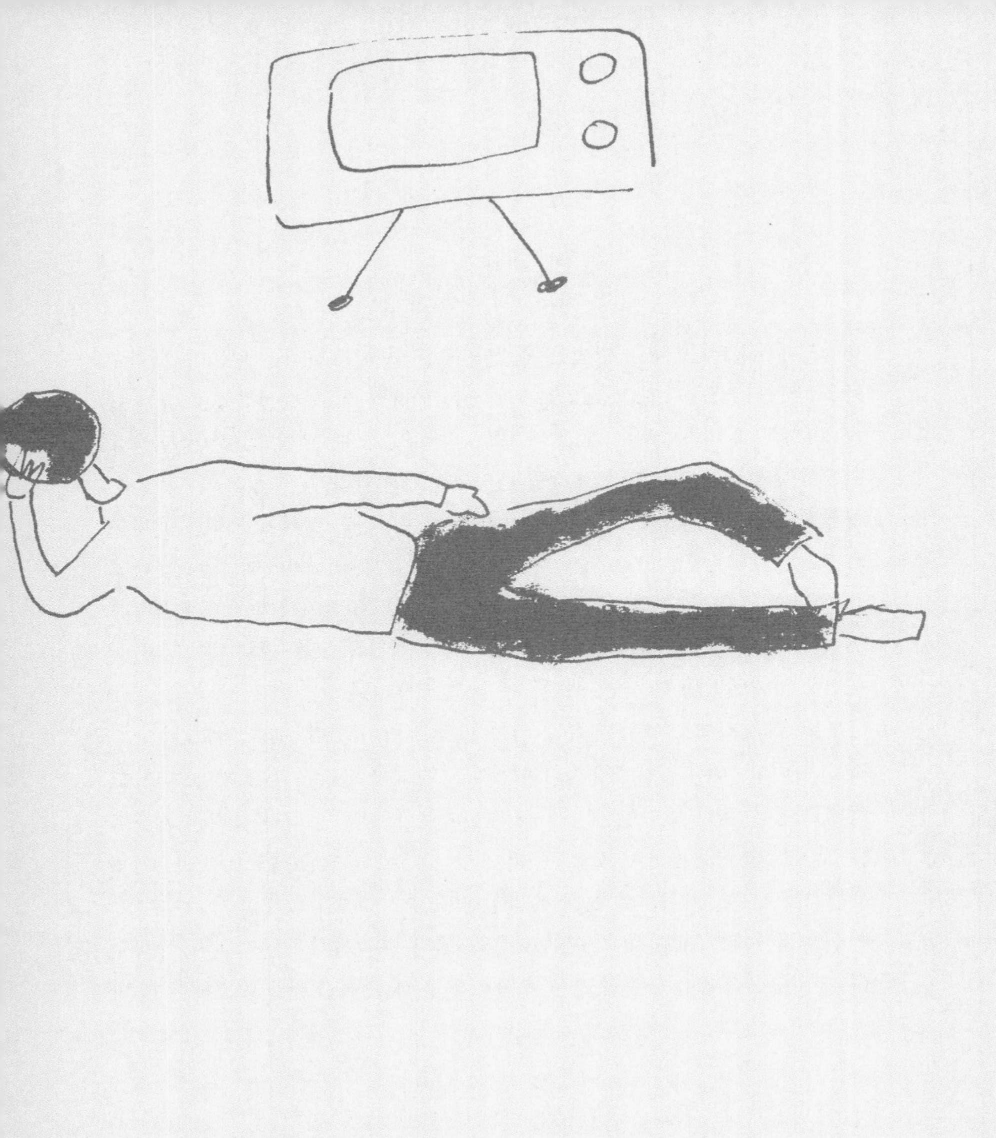

역시나。

늙으면 다 그래요

50이 넘으니 여기저기 고장이 난다.
얼마 전엔 눈앞에 뭔가 벌레 같은 것이 왔다 갔다 해서
깜짝 놀라 병원에 갔다.
의사가 하는 말이 "늙어서 그래요."
기가 막힌다.
늙어서 각막이 쪼그라들어 떨어져 나온 수정체가
눈앞에 그림자처럼 보이기 때문이란다.
"어떻게 해야 하나요?"
"치료 방법은 없습니다. 죽을병은 아니니 그냥 그렇게 사는 거죠, 뭐!"

기가 막힌다.
기가 막히는 일이 많아지는 것이
늙어가는 거다.
기가 막히는 일을 한탄한들 별 뾰족한 수는 없다.
그저 조용히 받아들일 수밖에.
하지만, 고칠 수 없다고 내버려두는 것도 '늙음'에 대한 예의는 아니다.
눈에 좋다는 것을 검색해보니
1순위가 블루베리.
아 참, 생각해보니 마당에 블루베리가 있다.
블루베리나 한번 먹어볼까?
가볍게 생각하고 심었던 블루베리 묘목은 4년째 그 모양이다.
겨우 열 개나 달렸을까.
작은 식물도 잘 돌보지 않아서 이런데,
50년이나 마구잡이로 쓴 몸이야 오죽할까.
할 수 없이 냉동이지만 알이 굵은 코스트코 냉동 블루베리를 사다가
듬뿍듬뿍 요구르트에 넣어 먹는다.
그것도 모자라 정원 바닥에 우수수 떨어져도 거들떠보지 않던
오디도 열심히 따서 먹는다.
그리고 또 뭐가 없나 둘러보니 보리수 열매가 주렁주렁 열렸다.
빨갛게 색깔이 예뻐서 관상용으로 좋겠다 싶었는데

염증에도 좋고, 기관지에도 좋고, 생리불순에도 좋단다.
마구 욕심을 내서
아침저녁으로 한 줌씩 따다 먹는다.
그러다 문득
이렇게 몸을 챙기는 내가 서글퍼진다.
하지만 이렇게 욕심내는 나도 '나'.
좋은 모습, 나쁜 모습
이 모든 것이 '나'니까
천천히 잘 늙어가는 '나'를 사랑하는 것.
지금부터 내가 해야 할 가장 중요한 일인지도 모른다.

세상에 꼭 필요한 또라이

난 또라이들이 좋다.
그들은 세상을 위험하게도 만들지만
세상을 확 바꾸기도 하니까.
그런 의미에서 가장 멋진 또라이를 꼽으라면 스티브 잡스.
그 어느 누구도 스티브 잡스만큼 용감하게
그리고 용의주도하게 세상을 바꾼 이는 없지 않을까.
스티브 잡스는 단순히 핸드폰을 만들고 싶었던 것이 아니라
아이폰이란 세상을 통해 그와 닮은 수많은 '또라이'를 만들어내고 싶었는지도 모른다.

아, 그렇게 생각하니 왠지 무섭다.
나만 뒤처지는 것 같은 기분으로 으스스해진다.

스티브 잡스만큼은 아니지만 내 주위에도 그런 또라이들이 있다.
최근에 내가 좋아하는 또라이 중 한 명이 책을 냈다.

〈기획은 2형식이다〉

내가 그럴 줄 알았다.
언젠가는 사고를 칠 줄 알았다.
아침 8시에, 그것도 사장님 이하 간부들이 모두 근엄한 표정으로 앉아 있는
팀장 보임 PT에서 비틀즈의 노래를 목청껏 불러 젖힐 때부터 알아봤다.

이 책은 결국
'기획이란 문제를 찾고 그것을 해결하는 것이다'라는 놀랍도록 당연한 진실
에 관한 이야기인 것 같은데, 흠….
그 단순한 진실을
365쪽에 걸쳐 단순하지 않게 풀어낸 솜씨라니.

나는 그저 평범한 인간이지만

이런 훌륭한 또라이 후배를 두었으니
나 또한 또라이 세계에 발을 담그고 있는 것 같아 우쭐해진다.

그가 이 책으로 순식간에 세상을 바꾸지는 못하겠지만
이 책으로 인해
몇 명이 성공할 것이고
몇 명이 용기를 얻을 것이고
몇 명이 한발 앞서갈 것이다.
그것으로 충분하다.

대관령국제음악제,
내년에도
또 가고 싶은 여행

여행이란 게 그렇다.
너무 먹기만 해도
너무 찍기만 해도
너무 놀기만 해도
왠지 허탈하고 아쉽다.

대관령음악제는 '음악회란 이름의 여행'.
여름 밤, 하늘이 보이는 뮤직 텐트에서
세계적인 음악인들의 연주를 듣고 있으면

'나도 꽤 괜찮은 인간이잖아…' 그런 기분이 든다.
JR 동해의 광고 카피처럼
방 안에 틀어박혀서는 절대 알 수 없는 것들이 있다.

'양'이 그렇게 순한 동물인지,
차이코프스키의 현악 6중주곡 '플로렌스의 추억'이 얼마나 아름다운 곡인지,
보헤미안 박이추 선생의 핸드드립 커피가 얼마나 묵직하게 쓰고 달콤한지….
그런 것들.

어디를 갈까보다 누가와 갈까가,
어디를 갈까보다 어떻게 놀까가
더 중요할 수도 있는 것이 여행이다.
이번 여행은 가족이 함께라서
아무렇게나 놀지 않고, 제대로 놀아서
두고두고 꺼내볼 수 있는 추억이 되었다. 그리고 다시 일상.

많이 버리고, 많이 채워서
결론적으로 제로.

홀가분해진 상태로 다시 시작한다.

한여름 밤의 붕어빵 장수

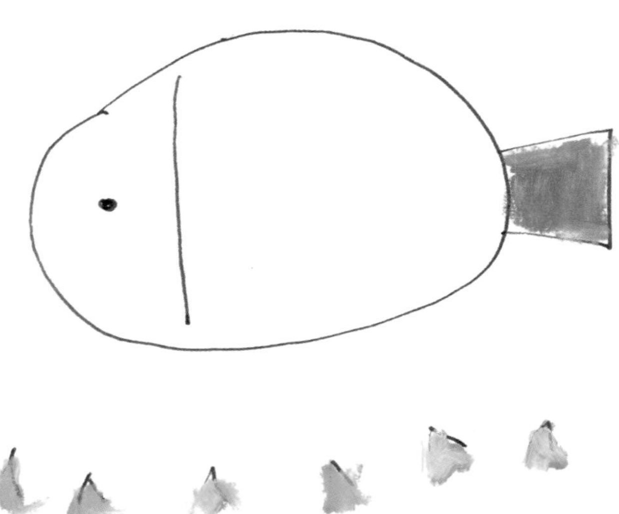

붕어빵은 참 오묘한 음식이다. 생각해보면 밀가루 반죽 사이에 단팥 고물을 넣은 결국은 단팥빵이지만 붕어빵과 단팥빵은 하늘과 땅만큼이나 다르다. 우선 모양을 차치하고라도 파는 사람의 마음가짐과 사는 사람의 마음가짐이 다르다. 그걸 한마디로 규정하긴 어렵겠지만 굳이 말하자면 붕어빵엔 '위로' 같은 느낌이 있다.

10구짜리 붕어틀, 재생지로 만든 봉투, 목장갑, 양은 주전자, 구루마. 붕어빵은 그저 장사를 위한 최소한의 조건만 갖추었기에 왠지 더 애틋하고, 왠지 더 고맙고 그래서 더 맛있다.

서종면에 생긴 〈책 읽는 붕어빵〉도 구루마가 아닌 점포라는 조건이 다르긴 하지만 너무 작고, 너무 소박하다는 점에서 제대로 된 붕어빵집이다. 더구나 동네 사람들이 돌아가면서 자발적으로 구우니까 요즘 트렌드인 재능기부(?)에도 발맞추는 앞서가는 붕어빵집이랄까. 왜 한여름 뙤약볕에 땀을 삘삘 흘리며 붕어빵을 굽느냐고 묻는다면 "그냥 그러고 싶으니까요…."라는 대답을 할 수밖에 없겠지만 우리 가족도 팔자에 없는 붕어빵 장수에 소집(?)되었다.

정신이 이상해질 정도로 더웠던 지난 일요일, 가스불 앞에서 한 판에 열 마리씩 3시부터 4시 30분까지 123마리, 4만1000원어치의 붕어빵을 팔았다. 처음엔 배가 터지거나 허여멀겋거나 너무 새까맣거나 그런 붕어빵이 제작되었지만 막판엔 나름 디테일이 살아 있는 붕어빵이 만들어졌다. 동네 꼬마 녀석에겐 몰래 한 마리 더 주고 30마리 정도는 우리 가족이 먹어치웠지만 순수하게 '책 읽는 붕어'에 홀릭되어 놀러 온 서울 사람과 마실 나온 동네 사람들이 사먹었다는 결론이다.

인생의 재미는 여러 가지다.
돈을 많이 버는 것도 참 재미있겠지만
돈을 쪼금만 버는 것도 나름 재미있다고 생각한다.

붕어빵을 굽는 일은
큰돈을 벌 욕심을 낼 수 없으니까
왠지 착하게 살고 있다는 기분을 느끼게 한다.

참 고마운 가게다.

그림, 배울까 배우지 말까

사람들에게 그림을 그려보라고 하면 100명에 90명은 "그림을 잘 못 그려요. 제대로 배운 적이 없어서요."라고 말한다. 흠, 잘 그리라고 한 적은 없는데 말이다. 그런데 아이들은 다르다. 그림을 잘 그린다, 못 그린다에는 관심이 없다. 그냥 보이는 대로, 생각나는 대로 쓱싹쓱싹 잘도 그린다. 그렇다면 다시 떠오르는 질문? 잘 그린다는 건 뭘까?

요즘 내 마음을 쏙 빼앗은 인기 만화 작가 마스다 미리. 그녀의 글도 그녀의 그림도 그냥 끄적끄적 대충대충, 마냥 느슨하다. 네이버 검색으로는 교토조형예술대학을 나왔다는데 어린아이들의 그것처럼 배운 티가 나지 않는다. 배우지 않아서 그렇다면 마음이 예쁘구나 하겠는데, 배웠는데도 그렇게 그린다면 정말 대단한 내공이다.
나도 몇 해 전부터 세상의 방식대로 그림을 잘 그려보고 싶어서 일러스트 학원을 다녀볼까 기웃거리기도 하고 이탈리아에서 공부한 동네 친구를 졸라서 기초부터 다시 배우려 하기도 했다. 하지만 연필 쥐는 법부터 다시 배우기엔 몸도 마음도 너무 늙어버렸다고나 할까.
재능은 모자라고 몸은 게으르고 다 비우고 다시 채울 만큼 열정이 남아 있지 않다. 더 솔직히 말하면 가진 것도 없는 주제에 배워서 망쳐버릴까 봐 더럭 겁이 난다. 어차피 완성도를 운운할 수 없는 아마추어라면 '느낌'이라도 잘 살리는 게 방법이라고 나름대로 결론. 그래서 끄적끄적, 수정하다 망치기 십상이니 연필 같은 건 쓰지 않고 용감하게 만년필로 한 번에 샤~악. 어차피 잘 그릴 수도 없으니 잘 그리려는 욕심 따위는 애초에 없어서 그 또한 편하다.

손이 그리는 그림과 마음이 그리는 그림,
손이 쓰는 글과 마음이 쓰는 글
둘 중에 선택하라면 손보다는 마음이
내 마음대로 할 수 있으니 그게 나을 것 같다.

아침부터 눈물 바람

여자들은 왜 툭하면 눈물을 흘리는 걸까.
아니 나는 왜 툭하면 눈물부터 나는 걸까.
직장 생활 28년째인데 여전히 나는 감정 조절이 잘 안 된다.
냉정한 여성 커리어우먼 같은 건 연속극이나 영화에나 있을 뿐
말도 하기 전에 눈물부터 툭, 창피하다.
김석훈의 아침 방송에서 나온 멘트.
내가 지금 행복하다면 올바른 길로 가고 있는 거고
내가 지금 불행하다고 느낀다면 틀린 길로 가고 있는 거라고.
그런데 인생이 어디 그런가.

틀린 길로 가고 있다고 금방 선회할 수 있다면 얼마나 좋을까.
어쩐지 왕따가 되고 있는 느낌,
어쩐지 그런 내가 초라해 보이는 느낌,
그렇게 구질구질한 나를 멈출 수가 없다는 자괴감.
올해가 벌써 반이나 지나갔는데
너무 힘들어서 토정비결을 보니
올 한 해 내내 시끄러울 거라나.
휴~ 몸이 힘든 건 약을 먹으면 되지만
마음이 힘든 건 약이 없다.
칼 융이 그랬단다.
겉모양에 신경 쓰는 사람은 꿈을 좇는 사람이지만
내면에 신경 쓰는 사람은 깨어 있는 사람이라고.
눈물이 난다는 건 사람들이 나를 몰라주는 게 서러워서 그렇다는 뜻일 텐데
깨어 있는 사람이라면 남들이 알아주든 몰라주든 그런 건 중요하지 않겠지.

징징대는 하루 그만해야겠다.

나이가 들어도 괜찮은 친구를 만날 수 있다

인디언들은 친구란 내 슬픔을 등에 짊어지고 가는 사람이라고 했다. 하지만 나이가 들수록 인디언적 의미의 괜찮은 친구 만들기는 어렵다. 상대방이 나의 슬픔을 이고 갈 힘이 없어서가 아니라 내 스스로 문을 닫기 때문이다.

나는 더 이상 나의 슬픔을 있는 그대로 보여줄 만큼 순수하거나 어리숙하지 않다.

혹시 피해를 받지는 않을까, 피해를 주지는 않을까 끊임없이 상대방의 마음을 재고, 계산하는 것이 어른들의 인간관계 방정식이다. 그럼에도 불구하고 요즘 꽤 괜찮은 친구가 될 가능성이 있는 사람을 여럿 만났다. 그 가능성을 제공한 건 '천연 효모 발효 빵집'과 '동물병원'이란 뭔가 아날로그한 장소인

데, 그래서인지 평소보다 좀 더 쉽게 마음을 열고 나를 보여주었다.
친구들의 면면을 보면 뭔가 어중이떠중이지만 그렇다고 만만치도 않다. 교수, 일러스트레이터, 바리스타, 수의사, 베이커, 크리에이티브 디렉터, 전직 프로골퍼, 배우, 디자이너, 화가, 목수…. 아무튼 인생의 중반에 새로운 친구를 만난다는 건 위험하지만 즐거운 일이다. 사실 '집착하지 않는다'라는 전제만 가지고 있다면 위험할 것도 없다. 그저 만나지면 만나고, 헤어지게 되면 헤어지는 것이다.
지난 일요일엔 남들과 반대 방향으로, 양평에서 만나 압구정으로 놀러 나갔다. 동대문 운동장의 플리마켓 '봄장'에서 3000원짜리 반지를 사고 티베트 어린이들을 찍은 사진전을 보고, 압구정 커피트리에서 커피를 마시고 한강 공원에서 농구를 하고, 내기에서 진 친구들이 쏜 하겐다즈를 먹었다. 아이들이 소풍 나온 것처럼 먹고, 구경하고, 땀 내면서 놀았다. 아 행복하다 그런 기분이 들면서, 나는 그럭저럭 잘 살고 있구나 그런 생각을 하면서 캄캄한 올림픽도로를 달려 양평으로 돌아왔다.
그리고 끄적끄적 완전 내 마음대로의 캐리커처를 한다. 하지만 마음을 담아. 대한민국의 수많은 사람들 중에 하필이면 만나 친구가 되었으니 소중한 인연이다. '조금씩 사랑하고 오래오래 사랑하고' 내가 좋아하는 메이지 초콜릿의 광고 카피처럼 그렇게 오래오래 인연이 이어졌으면 하는 바람이다.

Acoustic 2

일요일의 에스프레소

쌀쌀한 일요일 한낮
또다시 에스프레소가 당긴다.
폴의 골목 카페는 임시 휴업.
그렇다고 20분이나 차를 타고 양수리로 내려가
문을 열고 차가운 머신을 작동시킬 수도 없고.
이런 이유로 집에서 갑자기 에스프레소가 생각나면 꽤 곤란하다.
선반 위에 먼지를 쓰고 있던 모카포트를 꺼내
유럽식으로 핸드메이드 에스프레소를 내린다.
역시 바리스타인 남편의 실력이 진가를 발휘.

하얀 크레마가 제대로 나왔다.
에스프레소가 입에 닿는 순간 속이 훅~ 하고 쓰리다.
이런! 커피대우유를 1대2의 비율로 섞어 카페콘라체를 만든다.
적당히 쓰고 적당히 부드럽다.
포르투갈 여행에서 돌아온 뒤론
왠지 아메리카노가 싱겁다.
아니 싱거운 커피가 괜찮네 할 정도로
내 상황이 널널하지 않기 때문인지도 모르겠다.
지금의 시점은 머릿속의 두뇌가 좌악 쪼그라질 듯한
격렬한 '쓴맛'의 에스프레소가 필요하다.
연말은 그런 시점이다.

여섯 번째 1년은

시누이들과 집을 짓고 같이 산 지 5년째.
처음 1년은 몰라서 좋았고
두 번째 1년은 조금씩 알아가서 힘들었고
세 번째 1년은 알고 보니 달라서 미워졌고
네 번째 1년은 그래도 가족이라 이해했고
다섯 번째 1년은 서로를 인정해서 잔잔해졌다.

여섯 번째 1년은 어떤 세월을 살게 될까?

오늘의 아이러니

오늘날의 젊은이들은
'오늘보다 내일이 더 나아질 것이다'라는 생각 따위는 믿지 않는다.
내일의 희망이 없어서 행복하다.
더 나은 나를 만들기 위해 오늘을 힘들게 견딜 필요가 없다.
그저 하루하루 '오늘'을 살아가면 된다.

오늘의 젊은이들을 보면
나는 더 이상 젊지 않아서 다행이다, 라는 생각이 든다.
그래서 슬프다. 비오는 밤이다.

곰과 소녀는
어디로 갔을까?

추측 1. 라벤더 농장에서 일하시는 엄마에게 도시락을 갖다 드리려고.
추측 2. 외계에서 온 곰과 소녀. 지구별에 살고 있는 폴이라는 개를 찾기 위해.
추측 3. 〈봄날의 곰을 좋아하나요?〉를 만든 용이 감독의 새 영화 오디션을 보기 위해.

크리에이티브란
1+1=2가 아니라 1+1=∞를 만드는 것이다.
방법은 스토리를 부여하는 것.

스케치 노트에 문득 곰과 소녀를 그리고 인형을 만들었다.
손과 손이 떨어지지 않도록 꼼꼼히 바느질한다. 서로 헤어지지 않도록.

인생이란
누군가와 함께 가야 한다는 것,
누군가에게 기대야 한다는 것,
누군가의 손을 꼭 잡아야 한다는 것,
그런 스토리의 이야기를 담고 싶었던 것 같다.

늦은 10월
인형 작업이 점점 더 흥미로워지고 있다.

아직도。

내가 니 시다바리가?

서종면엔 예술가들이 많이 살고 있다. 파주 헤이리가 알려진 예술가들의 마을이라면 서종면엔 '아, 너무 시끄럽거든…' 하고 일부러 숨어 사는 괴짜들이 많다고나 할까. 아무튼 나도 양평 주민인 관계로 그런 분들을 만날 기회가 종종 생긴다.

최근에 매우 유명한 판화 작가님과 도예가 선생님 댁에 가서 밥도 얻어먹고 작품들도 구경하는 호사를 누렸다. 대가大家들의 갓 만들어진 따끈따끈한 작품들을 코앞에서 보는 것은 '이건 작품입니다' 하고 얌전히 걸려 있는 미술관의 그것들을 감상하는 것과는 사뭇 다르다.

그런데 솔직하게 말하면, 그 놀라운 작품보다 더 인상적이었던 건 그분들의 아내였다. 현실감이 둔한 남편들이 뭔가 어리바리하고 있으면 어느 틈엔가 나타난 마징가Z나 배트맨처럼 척 하고 일사불란하게 해결하는 그 모습은 가히 경이로웠다.

알고 봤더니 작가들이 '남들이 뭐라하든 나는 나의 길을 가리라' 하는 식으로 자기 세계에 몰두할 수 있는 건 뒤에서 남편이 망가지지 않도록 보살피는 아내들이 있기 때문이다. 그녀들은 1인 4역 아니 1인 5역이다. 현모양처, 매니저, 큐레이터, 마케터, 조수에 이르기까지 온갖 역할을 일사불란하게 해내고 있다. 우연인지 필연인지 내가 만난 두 아내는 거의 똑같은 이력을 갖고 있었다.

부잣집 딸로 태어나 대학에서 예술을 전공했지만 가난한 예술가와 사랑에 빠지는 바람에 결국 자신의 꿈을 포기하고 말았다는 것, 수십 년을 남편의 손발이 되어 지내다 보니 자신을 감추는 것이 당연해졌지만 예술에 대한 감각과 판단력은 남편보다 오히려 못할 것도 없다는 것, 젊었을 땐 상당히 날리셨을 미모라는 것 등등. 그런 점에서 예술가란 남자들은 상당히 염치가 없는 게 아닌가 하는 생각도 든다.

어쨌든 남편 그늘에서 편안하게 지내는 사모님들에 비하면 그녀들은 어떤 예술 작품보다 아름다워 보였다. 하지만 그 씩씩함 뒤에 언뜻언뜻 미련, 아쉬움, 서글픔 같은 감정이 묻어나는 것도 어쩔 수 없었다.

"그이만 잘되면 나야 뭐 괜찮아…."라고 다짐하며 남편을 위해 자신을 묵묵히 견뎌내고 있는 건 아닌지.

요즘은 별것도 아닌 일로 하루아침에 유명해지는 세상이다. 하지만 여전히 우리 주위에는 주인공을 위해 헌신하는 '유능한 스태프'들이 많이 있다. 〈친구〉라는 영화에서 왠지 울컥했던 장동건의 명대사가 생각난다.

"내가 니 시다바리가?"

세상의 모든 일에는 주연과 조연이 있게 마련이지만, 내가 혹시 운 좋게 주연의 자리에 섰다면 나를 위해 애써주고 있는 조연이 누군지 살펴봐야겠다.

출근이라는 이름의 여행

출퇴근에 적절한 시간은 어느 정도일까? 딱히 정해놓은 건 아니지만 대도시의 직장인이라면 내심 20분에서 40분 정도면 그럭저럭 괜찮다고 생각하지 않을까. 4년 전 양평에 집을 짓고 이사를 간다고 하자 회사 사람들은 "와~ 꿈의 전원생활이잖아. 좋겠다."라고 말은 했지만 '저런 저런 제정신이 아니군'이란 표정이다. 좀 친한 사람들은 "사서 고생을 하네. 오피스텔 하나 얻어서 주말에만 가는 게 어때?"라며 걱정인지 닦달인지를 했다.

우리 집에서 뱅뱅사거리에 있는 회사까지는 딱 42킬로미터. 따지고 보면 일산과 비슷한 거리지만 일산 하면 '뭐 그럴 수도 있지' 하다가도 양평이라고 하면 '왜 그렇게까지?'라고 생각한다. 그러니까 양평에는 회사원들이 옆집,

앞집, 뒷집 모여 사는 아파트 같은 건 없으니까 출퇴근 같은 걸 하기엔 왠지 너무 멀게 느껴진다는 말씀. 하지만 출근 시간이 단순히 회사를 가는 시간이 아닐 수도 있다는 관점에서 보자면 나는 정말 운이 좋은 사람이다. 남들은 어쩌다 하는 여행을 나는 매일매일 하기 때문이다.

'떠난다'는 느낌만큼 사람을 설레게 하는 게 있을까. 북한강변을 달리며 FM 라디오에 주파수를 맞추고 있으면 왠지 집으로 간다 혹은 회사로 간다기보다는 어디론가 '떠난다'는 기분이 훨씬 더 강하다. 그래서 그 한 시간 남짓은 내게 피로의 시간이 아니라 '치유의 시간'이다. 어느 날인가 회사에서 아주 우울한 일이 있었다. 늘 그렇듯 "에이, 이제 그만둔다." 하고 나 혼자 소리 내어 큰소리 뻥뻥 치고 나왔는데 기분이 점점 나빠졌다. 이 나이에도 나를 이기지 못하는 내가 한심하고 부끄러웠다.

그래봤자 별수 없이 아침에 왔던 똑같은 길을 따라 집으로 돌아가는데 그날따라 강변의 하늘에 노을이 발갛게 졌다. 그리고 라디오에서 나오는 전인권의 '봉우리'. '주저앉아 땀이나 닦고 그러지는 마. 땀이야 지나가는 바람이 식혀주겠지 뭐… 봉우리란 그저 넘어가는 고갯마루일 뿐이라구. 하여 친구야 우리가 오를 봉우리는 바로 지금 여긴지도 몰라….'

왈칵 눈물이 쏟아졌다. 볼 사람도 없고 해서 실컷 울었다. 그렇게 조금씩 눈물이 마르고 마음이 다시 잔잔해졌다. 세상은 복닥복닥 난리를 치고 있지만 강물은 언제나처럼 느릿느릿 흐르고 산그늘은 늘 그 시간만큼 짙어진다. 한 시간 30분 남짓 마음속으로 여행을 떠났고 다시 평온해져서 돌아왔다. 시간이란 결국 길이가 아니라 질의 문제다. 어떻게 보내는가에 따라 5분도 길고 한 시간도 짧다. 나는 매일 아침저녁으로 여행을 하니 참 복이 많은 사람이다.

정석 중에 정석

〈연필 깎기의 정석〉

문호리 중고 책방 '책 읽는 붕어'에서 팥빙수를 먹다가 얼떨결에 발견한 책 한 권 〈연필 깎기의 정석〉. 연필이란 단순한 물건에 정석이란 심각한 단어를 들이댄 것부터 이거 뭐지? 하는 기분이 들었는데 읽을수록 이거 뭐지? 하는 기분이 점점 커지는 멋진 책이다(사실 노란색 하드 커버의 표지 디자인과 손에 딱 들어오는 책의 사이즈가 제일 마음에 들긴 한다).

제1장. 연필 깎기에 필요한 도구 세트
(저자는 도구 중에서 앞치마가 매우 중요하다고 주장한다. 프로처럼 보이니까)
제3장. 몸 풀기
제5장. 연필 깎기가 정신 건강에 미치는 영향
제17장. 유명인처럼 연필 깎는 기술 마스터하기 등
연필깎이에 대한 고찰이 227쪽에 걸쳐 꽉 채워져 있다.
저자는 연필 깎기의 장인 데이비드 리스.
고객이 원하는 대로 연필을 깎아주고 연필밥까지 핀셋으로 꼼꼼하게 끌어모아 동봉해 보내준다. 얼핏 별 또라이 같은 인간이 다 있네, 라고 생각할 수 있지만 책을 읽다 보면 그 집착이 밉다기보다 유쾌하고 때론 존경스럽기까지 하다.
가장 웃겼던 제11장은 딱 한 줄 뿐인데 뒤로 넘어갈 뻔했다.

제11장. 샤프펜슬에 대한 짧은 소견. 샤프펜슬은 순 엉터리다.

이 책의 묘한 매력은 대충대충, 술렁술렁 넘어가지 않고 정독을 하게 된다는 점이다. 이유를 생각해봤는데 잘 모르겠다. 그냥 그렇게 된다. 한번 읽어보시길. 그리고 끝까지 독자에 대한 팬 서비스를 아끼지 않는 부록이 첨부되어 있다.
연필 맛이 나는 와인 소개.
연필에 대한 애정이 확 불타오른다고 해서 연필을 씹어 먹을 수는 없으니 연필 맛이 나는 와인을 추천한단다. 예컨대 흑연 향이 은은하게 나는 도멘 뒤데팡 1922년산 '클로 드 라 크퓌에르' 코토 바루아 등. 그리고 추천 웹사이트도 있다. 연필이라면 닥치는 대로 집어 삼키는 대식가에서부터 연필의 예술과 과학을 소개하는 사이트, 빈티지 연필 수집광에 이르기까지. 결국 검색 사이트를 뒤져 들어가보기까지 했다. 연필에 미친 사람들이 이렇게 많을 줄이야.

모든 사람이 무언가에 미쳐 날뛰는 것도 좋은 세상을 만드는 데 썩 도움이 될 것 같지는 않지만, 어쨌든 더워 미칠 것 같다면 팥빙수 한 그릇과 〈연필 깎기의 정석〉을 강력 추천한다.

광고하지 않는 광고

바람이 차가워지면 이상하게 마음까지 쓸쓸해진다. 핑계 김에 아까워서 못 쓰고 넣어두었던 천을 꺼내 무릎 담요를 만들기로 했다. 처음엔 단순하게 해야지 했는데, 하다 보니 어느새 자꾸 모양을 내고 있다. 꽃무늬, 체크, 헤링본, 레이스 등등 마음에 드는 천을 욕심껏 이리저리 끼워 맞추다 보니 얼룩덜룩, 다시 다 뜯어내서 앞면은 민무늬 리넨, 뒷면은 체크 모직의 단순한 조합으로 마무리했다.

그런데 막상 끝내고 나니 왠지 너무 심심하다. 결국 귀퉁이에 살짝 이니셜을 수놓았다. 하룻밤 지나 다시 보니 그것도 군더더기. 가위로 수실을 뜯어내니 바늘 자국이 빼꼼. 가죽을 동그랗게 잘라 다시 패치워크….

얼마 전 무인양품 디자이너로 유명한 하라 겐야 교수가 강연차 한국에 왔다. 그의 디자인 철학은 '아무것도 디자인하지 않는다'. 결국 디자인을 위한 디자인 따위는 하지 않겠다는 얘기인데 엄청난 자신감이다. 웬만한 내공으로는 엄두도 낼 수 없는 일이다. 디자이너로서의 욕심을 버리는 게 아무나 할 수 있는 일은 아니다. 사실 아주 오랜만에 무인양품에 가도 언제나 딱 그만큼의 단순하고 소박한 디자인의 물건들을 만날 수 있는 걸 보면 그의 디자인 철학이 빈말은 아닌 듯하다.

광고도 그렇다. '이제부터 광고합니다' 하고 갖은 치장과 새로운 기법, 화려한 카피로 현란한 광고를 만드는 건 어쩌면 쉬울 수도 있다. 광고가 뜨면 내 할 일 다 했다 하고 안심하지만 종종 엉뚱한 것만 기억시키는 결과를 가져온다. 하지만 광고하지 않는 척하지만 마음을 확 끌어당기는, 과장이 쏙 빠진 단순한 광고를 만드는 건 진짜 어렵다.

내가 생각하는 좋은 광고는 단숨에 핵심으로 뛰어 들어가는 단순한 광고다. 신입 카피라이터를 교육시킬 때 가장 좋은 방법은 길게 쓰게 하는 거다. 할 얘기 다 하게 한 다음 '줄여라'라고 시킨다. 줄여 오면 또 줄이게 하고, 줄여 오면 더 줄이게 한다. 나중에 정말 단 한 줄만 남을 때까지.

대부분의 경우 매우 건조한 듯해도 아주 단단한 메시지가 되어 있다. 이제 거기에 약간의 디테일을 더하는 훈련을 하면 기본기가 탄탄한, 훌륭한 카피라이터를 만들 수 있다.

생각해보면 삶 자체가 더하는 것과 빼는 것 사이의 줄타기다. 더하기만 하면

번잡하고 빼기만 하면 외롭다.
하지만 그런 갈등 때문에 사는 게 더 재미있는지도 모르겠다.

쿤의 일기

1.

저는 '쿤'이라고 합니다. 이제 겨우 6개월 된 잉글리시 쉽독이에요. 원래 청담동에서 때 빼고 광내고 거품 목욕제 냄새 폴폴 풍기면서 살았는데 어찌된 일인지 지금 양평에 있는 폴의 골목이라는 동물병원에 와 있네요.

저의 조상은 원래 스코틀랜드에서 양을 몰던 꽤 혈통 있는 개라고 하더군요. 하지만 그 혈통이 제 삶에는 그다지 도움이 되지 않는 것 같아요. 암튼 저는 '온몸으로 기쁨을 나타내는 애교쟁이'라는 애칭이 있을 정도로 친화력도 좋은 개랍니다. 하지만 지금은 그럴 기분이 아니네요.

의사 선생님과 엄마가 두런두런하는 얘기에 가슴이 덜컹덜컹…. 아무래도 저를 더 이상 기르지 못하겠다고 하는 것 같아요. 엄마가 없을 때 내가 콩콩콩 짖었다고 이웃들이 뭐라 했나 봐요. 개가 짖는 게 뭐가 잘못된 건지…. 잘 이해하지 못하겠지만 노력하면 그건 고칠 수도 있을 것 같아요. 하지만 덩치가 하루가 다르게 커진다고 하는 엄마 말씀은 저도 어쩔 수 없을 것 같아요. 아직 어려서 먹어도 먹어도 배가 고프거든요.

엄마가 나를 사랑하는 건 알지만 엄마를 힘들게 하는 건 저도 싫어요. 비누 냄새가 나는 소파가 그립겠지만 양평에서 나는 시골 냄새도 그럭저럭 괜찮은 것 같아요. 엄마, 그러니 너무 걱정 말아요. 그래도 의사 선생님 인상이 좋아 보이니 다행이잖아요. 엄마가 또 다른 좋은 엄마를 만나게 해주려고 애쓰는 거 알고 있어요. 저를 돈을 받고 팔지 않겠다는 얘기도 들었어요. 고마워요, 엄마. 겨우 6개월이었지만 저를 사랑해주셔서 감사해요.

오늘은 원장님 댁에 가서 자게 될 것 같아요. 거긴 '폴'이라는 7살 된 형인지, 아저씨인지 또 다른 개가 있다고 해요. 궁금하기도 하고 좀 겁이 나기도 하지만 전 친화력이 좋은 개니까 괜찮을 거예요. 엄마, 종종 놀러 오실 거죠? 엄마가 보고 싶을 거예요.

엄마 안녕~

2.

'세계에서 가장 똑똑한 개 톱 10' 리스트가 있다고 해요. 사람들이 왜 그런 순위를 매기는지, 그래서 어쩌자는 건지 잘 이해할 수는 없지만 그 순위에 골든레트리버라는 종은 4위라네요. 제가 폴의 골목에서 만난 '폴' 형이 바로 그 골든레트리버예요. 과연 폴 형은 의사 선생님 말씀을 귀신같이 척척 알아듣더군요. 거기다 'Don't do that!' 같은 어려운 영어 문장도 이해하다니 와우 특목고 출신인가 봐요.

그런데 폴 형은 아무래도 제가 별로 마음에 들지 않는 눈치예요. '이건 뭐라는 동물이야' 하는 눈초리로 그 뭉툭한 발로 저를 툭툭 치지 않나, 엄청 무거운 몸뚱이로 저를 올라타기도 해요. 날 여자애로 오해한 건가? 분명히 머리가 좋다고 했는데요.

폴의 골목은 정원이 아주 넓어서 좋아요. 집 안에 있는 푹신한 소파에 올라가지 못하는 게 아쉽긴 하지만, 넓은 데크에 대자로 널부러져 있을 수 있어서 괜찮아요. 의사 선생님 말씀이 개를 줄로 묶어 기르는 건 나쁘대요. 사람들을 물거나 성질이 사나워지는 게 바로 그 때문이래요.

폴 형은 마음대로 잔디밭을 뛰어다녀요. 저도 그렇게 뛰어다니다가 수로에 빠지긴 했지만 너무너무 신나요. 담이 없어서 길을 잃어버리면 어떡하나 걱정도 하시는 눈치지만, 저도 꽤 머리가 좋은 개니까요. 옆집에는 의사 선생님 조카라는 예쁜 누나가 살고 있는데 저를 키우자고 조르는 것 같아요. 저보다 93년이나 더 사신 의사 선생님 어머니도 제가 똑똑하고 예쁘다고 하세요. 직장을 다니는지 새벽에 나갔다 저녁에야 돌아오는 의사 선생님 부인도 그러자고 하는 눈치고요.

이렇게 눈치만 늘면 안 되는데 그래도 또다시 다른 집에 가고 싶지 않아요. 폴 형도 지금은 좀 퉁명스럽지만 제가 예쁘니까 금세 저를 좋아할 거예요. 폴의 골목은 산 밑에 있어서 밤엔 칠흑같이 캄캄해요. 그래서 며칠 동안 좀 무서워서 계속 콩콩 짖었어요. 혹시 의사 선생님이 화가 나신 건 아닌지요.

아침에 폴 형 밥을 덜어서 "넌 어리니까 하루 세 번 많이 먹어야 해."라며 듬뿍 주시는 걸 보면 괜찮은 것 같기도 하지만요. 어쨌든 의사 선생님이 아빠가 되면 좋겠어요. 여긴 세 가족이 모여 사니까 식구도 많고 폴 형도 있어 외롭지 않을 것 같아요.

쿰쿰한 시골 냄새도 나고 나방 같은 벌레도 많고 돌멩이가 많아서 발도 아프고 어젯밤엔 수로에 빠져서 큰일 날 뻔하기도 했지만 금방 익숙해지겠죠. '우리동네창고'라는 작업실을 하시는 의사 선생님 친구 분이 저를 기르고 싶다고 하는 것 같은데 글쎄요. 철공소 개보다는 펜션 개가 낫지 않을까요?

3.

으앙~ 진드기! 진드기가 물었어요, 흑…. 태어나서 이렇게 끔찍한 벌레는 처음 봐요. 새까맣고 반짝반짝하고 쪼그만 다리에 털이 쑹쑹 징그럽게 생겼어요. 의사 선생님 말씀으로는 처음엔 점처럼 작은데 배가 터질 정도로 피를 먹고 풍선처럼 동그랗게 된대요.

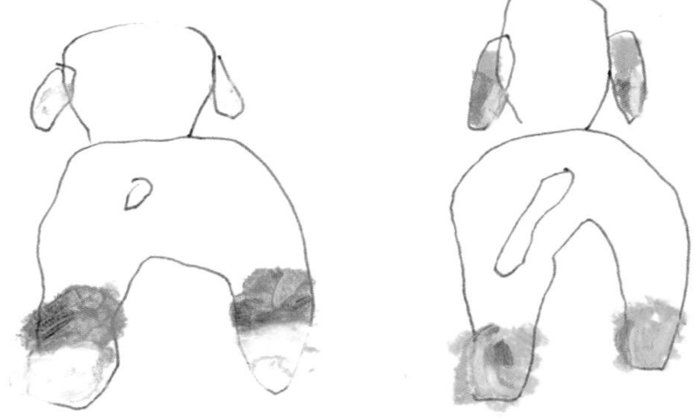

으앙~ 내 피! 의사 선생님이 떼어주셨는데 갈고리처럼 생긴 발을 살에 콱 박고 있어서 떼려면 살점도 같이 떨어진대요. Oh my god! 어젯밤에 더워서 잔디밭에서 뒹굴면서 잤더니 으앙~ 의사 선생님 댁이라 진드기 약이 있어서 바로 발라주셨어요. 그래서 사람들이 나이 들면 병원이 가까워야 한다고 하나 봐요(아 참, 나는 아직 어린데 너무 놀라서 정신이 오락가락).
모기도 엄청 무섭대요. 모기가 심장에 알을 까면 죽을 수도 있대요. 세상에! 이제 겨우 6개월밖에 살지 못했는데 다행히 의사 선생님이 심장사상충 약도 바로 먹여주셨어요. 한 달에 한 번씩 먹어야 한다는데 달달한 게 꽤 맛있어요. 천만다행이에요. 휴 이제부터 양평에 살려면 약을 꼬박꼬박 잘 챙겨 먹는 사람 아니 개가 되어야겠어요.
아 참, 어제부터 저는 이제 폴 형이랑 함께 폴의 골목에 살게 되었어요. 가족들의 열렬한 성원과 뒷다리가 롱다리라는 이유로 의사 선생님(이제 우리 아빠)께서 그렇게 결정하셨어요. 폴 형도 롱다리, 의사 선생님 아들도 롱다리, 저도 롱다리. 그래서 우리 집 혈통이 되기에 손색이 없다나 어쩐다나. 별 희한한 이유도 다 있네요.
앞다리보다 뒷다리가 길어서 밥 먹기 불편한데 그게 도움이 되었다니 참 인생이란 알다가도 모를 일이에요. 아무튼 오늘부터 저는 열세 명 대가족의 막내가 되었답니다. 저의 임무가 막중하네요. 벌, 쥐, 고라니, 뱀, 멧돼지, 나방, 모기…로부터 집도 지키고 할머니도 지키고 로봇도 지키고… 헉헉.
생각하다 보니 잠이 솔솔~ 아무래도 낮잠이나 잠깐.

폴의 일기

1.

이름: 폴

종: 골든레트리버

나이: 7살

취미: 신발 물어뜯기

특기: 신발 물어서 딴 데 갖다 놓기

별명: 엄친아

나는 폴의 골목의 주인공.

광고 찍는 포토그래퍼 김정수 실장님이 내 사진을 찍어주셨다. 무지 근사하다. 사진 찍는 동안 좀 착해 보이려고 생각에 잠긴 듯한 포즈를 취했지만 사실은 김정수 실장님 신발을 물어뜯고 싶어 참느라 혼났다.

아빠는 seat, goodboy, don't do that… 같은 영어로 훈련을 시킨다. 처음엔 '쯔쯧, 양평이 대치동도 아니고…' 생각했지만 내가 곧잘 따라 하니까 머리가 좋다며 특목고에 보내시겠단다. 엄청 단순하시다. 그 정도는 아이큐 40만 돼도 할 수 있는데 나를 엄친아로 키우시려는지 생각만 해도 걱정이다. 사교육비가 장난 아니라는데 어떡하시려는 건지. 하지만 어쩔 수 없다. 몇 대 쥐어박히더라도 빨리 멍청한 척해서 포기하게 하시는 수밖에. 내가 생각해도 나는 참 명견이다.

2.

나도 한때는 컵에 들어갈 정도는 아니지만 애완견이라고 불릴 정도의 사이즈인 적도 있었다. 그런데 6개월 만에 아빠 키를 훌쩍 넘게 자라버렸다. 영화 〈빅〉의 톰 행크스처럼 어떻게 여섯 달 만에 이렇게 몸집이 산만해지고 노인네처럼 턱이 늘어졌는지 이해할 수 없다.

폴의 골목에 같이 살고 있는 딸기나 까몽이, 순이 같은 작은 애들이랑 놀고 싶은데 그 애들은 나를 무슨 정신병원에서 방금 뛰쳐나온 놈처럼 취급한다. 그래서 나는 조금 외롭다. 그래도 요즘은 아빠와 매일매일 폴의 골목 카페로 출근해서 다행이다. 거기서 차도 보고, 지나가는 사람도 보고, 아픈 개들도 보고…. 심심하지는 않지만 세상을 좀 알기 시작하니까 이젠 신발을 물어뜯고, 엄마 아빠 몰래 신발을 숨겨놓는 일도 조금 시들하다.

나이가 든다는 건 심심한 걸 참아야 하는 건가 보다.

3.
폴의 골목엔 두 분의 할머니가 계신다. 최한규 할머니와 딸기할머니.
내가 덩치가 크다고 매일 밥을 한 바가지씩 주시는 최한규 할머니는 폴의 골목 최고 어른이시고, 딸기할머니는 열한 살 먹은 슈나우저다. 내가 발견한 공통점은 두 분 다 예쁘장하고, 덩치가 조그마하고, 조용조용 걸어다니고, 틈날 때마다 주무신다.
또 하나의 공통점은 두 분 다 나를 별로 탐탁해하지 않는다. 최한규 할머니는 내 똥이 너무 크다고 뭐라고 하시고 딸기할머니는 내 아가리가 너무 크다고 뭐라고 하신다. 정리하자면 두 분 다 골든레트리버라는 꽤 알아주는 나의 혈통 같은 건 별로 개의치 않으신다는 말이다. 흠, 어떤 면에서는 세상의 잣대 같은 걸 초월한 상당한 고수들이시다.

4.
하루가 집을 나갔다. 아직도 혹시나 하고 있지만 왠지 이젠 찾을 수 없을 것이다. 벌써 3주가 넘었는데 자기 발로 나갔는지, 누가 데려갔는지, 누가 훔쳐

갔는지 아무도 모른다. 내가 잠깐 한눈 판 사이 감쪽같이 사라져버렸다. 식구가 드는 건 몰라도 나는 건 안다더니 하루가 없으니 폴의 골목이 적막강산이 되고 말았다. 하루는 한시도 가만히 있지 않아서 하루 종일 폴의 골목을 이리저리 돌아다녔다.

하루가 돌아다녀서 나도 따라 돌아다니고, 하루가 뛰어다니니까 묶여 있는 까몽이가 죽어라고 짖어대고, 하루가 먹어대니까 딸기할머니도 덩달아 정신없이 먹어대고, 그렇게 폴의 골목이 시끌벅적했는데….

나는 며칠 동안 먹지도 자지도 못했다. 나는 사실 하루를 사랑했는지도 모른다. 아직 사랑이란 걸 잘 몰라서 그렇지만 이렇게 마음이 아프고 짠한 걸 보면 그런 것도 같다. 아빠랑 엄마가 하루 어디 갔느냐고 물으면 내 잘못 같아서 너무 힘들다. 그래서 아무 말도 못하고 먼 산만 바라본다.

엄마 아빠는 그런 내가 불쌍한지 머리를 쓰다듬어주신다. 하루가 욕심나는 누군가가 데려가서 잘 키우고 있으면 좋을 텐데…. 윤기가 까맣게 흐르고, 엉덩이가 동그란 녀석의 모습이 아직도 어른어른하다.

하루야, 어디에 있더라도 잘 먹고 건강해야 한다. 난 널 잊지 않을 거야, 영원히.

5.

나는 축구를 잘 모르지만 2010년 월드컵 응원전에서 반쯤 미쳐본 경험으로 보면 축구는 '근성'이다. 공을 한번 잡으면 놓치지도 뺏기지도 말고 그냥 끝까지 몰고 가야 하는 건데, 그런 의미에서 나는 월드컵 공식견이 되어 마땅

하다. 한번 물었다 하면 이단 옆구리차기가 들어온다 해도 절대 놓지 않는다. 그렇다고 해서 수와레스처럼 괜히 다른 선수의 어깨를 무는 바보 같은 짓은 하지 않는다.

축구공, 골프공, 농구공, 배구공, 탁구공 등 동그랗게 생긴 공이란 걸 물고 놓지 않을 뿐이다. 코드디부아르의 드록바 선수는 무릎을 꿇고 전쟁을 멈춰달라고 말했지만, 뭐 그런 전쟁 영웅견은 아니고 다만 축구공을 물면 놓지 않는 근성으로 폴의 골목을 지키고 있다.

무라카미 하루키와 무라카미 류

요즘 책상 위에 놓고 틈틈이 한 챕터씩 읽는 두 권의 에세이 〈무라카미 하루키 잡문집〉과 〈무취미의 권유〉. 스타일은 너무 다르지만 둘 다 적당한 '가벼움'을 가지고 있어서 좋다. 지나치게 교조적이지도 않고 그렇다고 지나치게 얄팍하지도 않다. 사실 하루키보다는 류가 좀 더 강하게 자신의 생각을 어필하긴 하지만 그렇다고 '이렇게 사세요…'라고 충고하지도 않는다. '나는 이렇게 사는 게 좋다고 생각하지만 따라 하든지 말든지…' 하는 식이라 두 권 다 기분 좋을 만큼의 깨달음을 준다.

예컨대 '스케줄을 관리하려 하지 말고 해야 할 일에 우선순위를 매긴다는 마음가짐을 가지라고 권하고 싶다. 업무나 개인사에서 스스로 매기는 일의 우선

순위가 그 사람의 인생인 것이다.' 같은 구절은 끄덕끄덕, 크게 공감이 된다. 생각해보면 스케줄이란 주어지긴 하지만 선택과 집중은 내가 하는 거니까.

하루키는 류에 비해서 훨씬 소소하고 디테일하다. '올바른 다리미질' 같은 챕터는 하루키의 결벽증이랄까 이런 점이 드러나서 좋다. 아무렇지도 않게 살지만 인생에 있어서 딱 한 가지쯤은 꼭 이래야 하는 게 있어야 한다는 것에 공감한다.

이건 주워들은 이야기이지만 하루키는 늘 꼼데가르송의 흰색 셔츠만 입는단다. 꼼데가르송의 셔츠는 그야말로 한 땀, 한 땀 수작업으로 만든 핸드메이드란다. 가격은 뭐 상상 이상일 터. 하지만 셔츠 다림질을 손수 한다는 건 그냥 되는 대로 살지 않겠다는 삶에 대한 예의 같은 거니까 그 정도의 사치는 괜찮지 않을까. 그래도 옷과 대화를 해보라는 식의 하루키 조언은 좀 뜨악한 데가 있다.

아무튼 무라카미 작가들이 오래도록 변치 않고 잘나갈 수 있는 일본의 환경이 부럽기도 하다. 너무 예민한 그들의 국민성은 싫지만 대중의 멘토가 되는 사람들이 대중의 힘에 의해 변절되지 않는 것 같다. 그들의 삶의 방식을 있는 그대로 인정해주고 너무 가까이 다가가서 그들을 바꾸지 않고, 멀리서 힘이 되어주는 그런 시민의식이 아쉽다.

정치 같은 문제라면 순식간에 꿀 먹은 벙어리가 되는 내가 무슨 시민의식 운운하고 있는 건지…. 하지만 노트에 끄적끄적 그들의 캐릭터를 비교해서 그려보는 일은 너무 재미있다. 두 사람 모두 잘생긴 얼굴은 아니지만 하루키가 류처럼 진한 쌍꺼풀이 없어서 좀 더 마음에 들긴 한다.

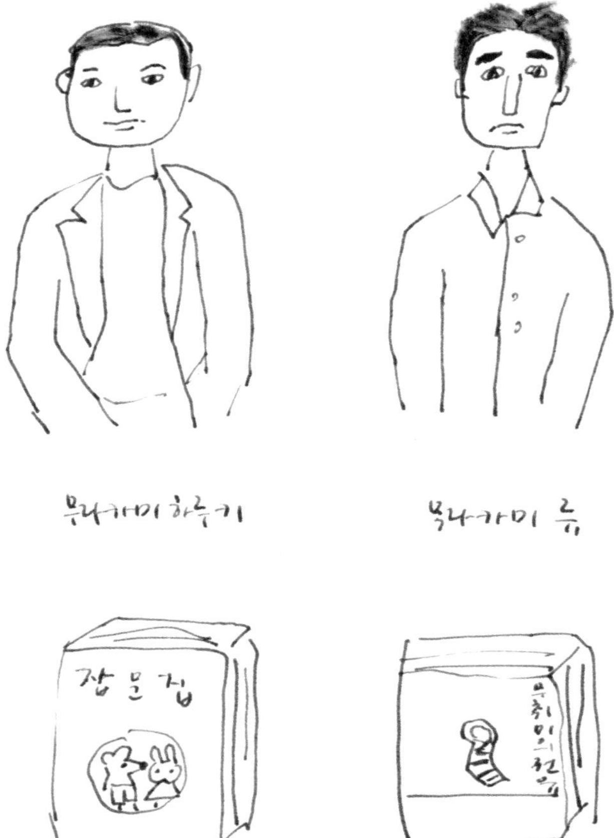
무라카미 하루키
무라카미 류
잡문집

『몸을 쓰자』

일하는 사람의 그림은 다릅니다. 제가 징역살이를 할 때 만났던
한 노인 목수는 집을 그릴 때 지붕이 아니라 주춧돌부터 그립니다.
그가 집을 그리는 순서는 집을 짓는 순서였습니다.
제 자신이 부끄러웠습니다.
관념이 아니라 구체적인 삶의 현실을 산 사람은
생각하고 행동하는 것부터가 이렇게 다릅니다.

— 신영복 〈나무야 나무야〉

머리로 일하는 사람과 몸으로 일하는 사람은 다르다.

신영복 교수처럼 나도 이 글을 읽고 부끄러웠다.
광고장이에겐 '역발상'이 늘 숙제인데
알고 보면 언제나 우리가 땅을 딛고 있는 현실 속에 역발상이 있다.
요즘 현대인들의 문제는 몸으로 배우는 게 아니라 글로 배우는 데 있다.

거의 한 달째
팔꿈치가 아파서 바느질도, 집안일도 거의 손 놓고 지내니
마치 발바닥이 공중에 붕 떠 있는 듯 현실감이 없다.
그나마 일요일, 뒷산을 한 바퀴 돌고 오니 마음이 좀 안정된다.
요즘 양평의 날씨는 너무 예쁘다.
차갑지만 따스하고, 단단하지만 느슨하다.
옷을 벗어버린 나무들은 처연하게 아름답다.

가끔 방 밖에는 나와보지도 않은 채 잠만 자고 돌아가는 펜션 손님들이 있다.
그들도 몸 쓰는 일에 익숙하지 않아서겠지.

벌써 12월 중순,
올 한 해도 다 간다.
더 늦기 전에 몸을 더 써야겠다.

보고가 많은 회사

보고가 많은 회사는 좋은 회사일까, 나쁜 회사일까?

'보고'에는 분명히 양면성이 있다.
'보고'를 위해 챙기다 보면 확실히 그냥 넘어갈 일도 체크하게 되는 경우가 있다.
하지만 그 반대급부는 '보고'에 적절하지 않은 사안은 무시하거나 보고에 맞추는 병폐가 생긴다.
예컨대 즉흥성과 순발력, 유연성이 생명인 광고 회사의 화두로는 적절하지 않을지도 모른다.

하지만 고백하건대,
나같이 트리플 O형에다 메모하고, 챙기고, 준비하는 데 젬병인 사람에게는 참 필요한 것임을 부정할 수 없다.
하지만 '보고'라는 용어 자체에 거부감이 확 드는 건 왜일까.
나도 사실 대부분 보고를 받는 입장인데도 그 보고라는 용어가 마음에 들지 않아 "김 국장, 거 어떻게 됐는지 얘기 좀 해줘."라고 말한다.

남자들은 군대에 갔다 와서 그 용어가 익숙한가?

광고 회사는 '사람'이 재산이다.
질이 좋은 사람을 많이 데리고 있으면 자산이 훌륭한 회사다.
질이 좋은 사람들이란 어떤 사람인가?
자기 할 일을 스스로 알아서 잘하는 사람들이다.
누가 시키지 않아도.
그럼 질이 좋은 회사란 어떤 회사인가?
사람들이 스스로 하고 싶게 '멍석'을 깔아주는 회사다.

선순환善巡環의 고리를 만들기 위해서는 스스로의 자각이 가장 중요하다.
아전인수가 아닌 객관적인 입장에서.
보고를 하다 보면 어쩔 수 없이 좋은 식으로 이야기하게 된다.

훌륭한 보스란 어떤 사람인가?
그만의 짠밥과 혜안과 지식을 갖추고 채찍질이 아니라 '독려'를 하는 사람이다.

훌륭한 보스란 보고가 아니라 의논을 하고 싶은 사람이 아닐까.
그렇다면 나는 훌륭한 보스인가?

아침 주제로는 참 무겁다.
하지만 아침마다 '보고' 회의를 하다 보면 삶이 무거워진다.

엄마,
코감기약
어디 있어요?

국민학교 때, 우리 교복엔 늘 하얀 손수건이 커다란 핀에 꽂힌 채
대롱대롱 달려 있었다.
그럼에도 불구하고 손수건 따위는 안중에도 없이
누런 코를 소매에 쓰윽 닦고는 소매 끝이 반질반질해져서 집으로 돌아오곤
했다.
그 시절엔 왜 그렇게 감기를 달고 살았는지….

펠트를 뚝딱뚝딱 잘라서 만든 테디베어,
이 녀석은 내 어린 시절의 초상이다.

큰언니가 짜준 목도리를 질끈 동여매고,
누런 코를 질질 흘리면서도
해가 저물도록 추운 골목길에서 다방구를 하던….

테디베어 만들기의 정답에 따르자면 이 녀석은 빵점.
지나치게 큰 머리, 만들다 만 코, 아예 입은 없고, 촌스런 꽃무늬 덧신….
하지만 최소한 지루하지는 않다.
답답한 일상에 정답 하나를 보태어 지루해할 필요는 없다.

생각이 왔다가
생각이 갔다가

폴의 골목 2층 난간은
생각을 만들기에도,
생각을 없애기도
좋은 공간이다.

팔짱 끼고
두 발 덜렁거리며
오후의 해바라기를 하면
생각이 왔다가 가고
갔다가 오곤 한다.

구름처럼.

강의의 기쁨과 슬픔

알랭 드 보통이 〈일의 기쁨과 슬픔〉이란 책을 냈다. 25년이나 직장 생활을 해온 사람으로 그냥 넘길 수 없는 제목이다. 알랭 드 보통이라면 보통 그저 그런 얘기 따위는 아니겠지. 강의를 하면서 그 책 제목이 생각났다. 아직 '사회'라는 진흙탕에 발을 들여놓지 않은 학생들의 순진한 얼굴(특히 남학생들)을 보면서 기쁘기도 하고 슬프기도 했다.

광고 회사에 들어가는 1퍼센트의 전략 따위가 있을 게 뭐야 하는 생각을 하면서도 강의를 수락했다. 돈 많이 벌고 유명한 광고인이 되는 전략 같은 건 모르지만, 행복한 광고인이 되는 방법 몇 가지는 말해줄 수 있노라 큰소리치고는 두 시간 동안 내가 살아온 이야기를 두서없이 늘어놓았다.

그래도 역시 이론보다는 실전이 와닿는 법이다. 강의가 끝날 때 질문이 쏟아졌다. 어떻게 해야 돈에 연연하지 않는 삶을 살 수 있나요? 어디에서 광고 아이디어를 빌려오나요? 어떻게 해야 여자로서 그렇게 오래 동안 회사를 다닐 수 있나요? 심지어 어떤 사람과 결혼해야 하나요? 언제 결혼해야 좋나요? 펜션 주소는 어떻게 되나요? 등등

고맙기도 하고, 안쓰럽기도 하고…. 200명이 넘는 학생 중 몇 명이나 광고 회사에 들어갈 수 있을까. 내가 쓴 책을 들고 사인을 받으러 온 학생 중에는 이제 고등학교 3학년도 있었다. "학교 공부도 열심히 해야 하나요? 카피라이터가 되려면 영어 공부도 열심히 해야 하나요?" 아직 솜털이 보송보송한 여학생이 까만 눈동자를 반짝이며 물었다. 가슴이 먹먹.

"그럼요. 학교 공부를 열심히 해야죠. 서류전형에 합격해야 일단 광고 회사에 들어가지요."라고 대답하는 내가 너무 한심했다. 강의가 끝나고 돌아오는 길에 비가 내렸다. 괜히 허탈해서 가로수길의 책방 '마이페이버릿'에 가서 희귀한 책(당연 값이 무지막지한)을 막 질러버렸다. 열정을 다해 쏟아내고 나면 후련하기도 하고, 허무하기도 한 법이다. 솔직하게 나를 보여주는 일이 쉽지만은 않다.

강의란 상대방에게 주는 것보다 나에게 주는 게 더 많은 시간인 것 같다.

모자라는 것들과 넘치는 것들, 쌓아가야 할 것들과 버려야 할 것들…. 이런 것을 돌아보게 해준다. 그래서 기쁘기도 하고 슬프기도 하다.

막노동이 체질

어느 현장에나 몸으로 일하는 부류와 입으로 일하는 부류가 있게 마련이다. 폴의 골목 노동 현장에도 기술팀과 삽질팀 그리고 고문관이 있게 마련이다. 물론 '건축적인 공간감'이 젬병이기도 하지만 나는 워낙 주말에는 '절대 머리를 쓰지 않겠다'는 신념으로 일관하고 있기에 당연 삽질팀이다. 그나마 고문관이 아닌 게 다행이다.

식구들 모두 주말 저녁을 '광동쌍화탕'으로 연명하며 전기선을 매설하고, 침목을 3등분으로 절단해 산책로를 만들고, 나무를 옮겨 심고, 바닥을 평평하게 고르기 위해 돌멩이를 골랐다. 덕분에 샤워를 하면서 보니 여기저기 멍 자국과 가시에 찔린 상처는 물론 손이랑 얼굴은 퉁퉁 부었다.

그런데 참 희한한 것은 몸이 여기저기 쑤시지만 무겁지는 않다는 것이다. 속이 더부룩하니 늘 시달리는 과민성 대장증후군도 감쪽같이 사라졌다. 역시 몸을 아낀다고 가만히 있는 것은 오히려 독이 되는지도 모른다. 노동으로 몸을 혹사시켜 머리가 맑아지고 편해지는 것이 운동과는 또 다른 차원의 매우 '유익한 몸 쓰기'라는 깨달음은 양평에 내려와 살면서 배우는 소중한 교훈이다.

어쩌면 그냥 등산을 한다든지, 걷는다든지 하는 일도 여유 있는 사람들의 사치인지도 모른다. 잔디도 깔아야 하고, 황토방 인테리어도 해야 하고, 돌도 깔아야 하고…. 할 일이 지천인 데다 남들에게 시킬 만큼 풍족하지 않으니 하나하나 내 힘으로 직접 해야 한다. 긍정적으로 바라보면 '사는 게 지루하다'고 할 겨를이 없는 게 전원생활의 즐거움이다.

NO WISE MAN
EVER
WISHED
TO BE
OUNGER

회복

마치 막혀 있던 둑이 터지듯
와르르….
그렇게 병病이 찾아왔다.

내 몸속의 나쁜 세포를 공격해야 할 면역력이란 녀석이
갑자기 이성을 잃고 피부세포를 공격했다.

'화폐성 습진'

수천 개, 수백만 개의 물집이 온몸에 원을 그리며 출몰했다. 생체밴드로 물집을 막으면 주변을 빙빙 돌며 에워싸며 다시 퍼지고, 밴드를 떼어내면 다시 원래의 물집으로 슬금슬금 기어 들어와 더 큰 물집으로 확장한다. 마치 살아 움직이는 듯한 에일리언처럼. 가렵고, 따갑고, 화끈화끈하고, 앉아 있을 수도, 서 있을 수도, 잠을 잘 수도, 생각을 할 수도 없는….
하지만 어쨌든, 다행히 세 달이란 시간을 온몸을 점령하고 위세를 떨던 습진이 스테로이드란 강력한 양약과 쓰디쓴 한약의 무차별 방어에 무릎을 꿇었다. 온몸의 흉터와 언제든 다시 시작될 수 있다고 경고하듯 순간순간 돋아나는 가려움증을 남긴 채. 증상이 웬만해서 회사로 복귀하니 사람들이 묻는다. 왜 그런 병에 걸렸냐고?
"음, 면역력이 떨어져서…."
"시골에 사는데 왜?" 하고 되묻는다.
"그러게."라고 말하지만 나는 원인을 알 것도 같다. 쉬지 못하는 데서 오는 병이다. 뭔가를 끊임없이 해야만 불안하지 않은, 일종의 강박증으로 시작된 병이다.
왜 나는 쉬지 않는 걸까?
왜 나는 쉬는 것에 인색할까?
논다는 것과 쉰다는 것은 다른데 나는 지금까지 노는 것과 쉬는 것을 착각해왔다. 노는 것조차 일하는 것처럼 죽어라 놀아서 몸을 혹사시킨다. 결국 욕심이다. 더 많이 봐야 하고, 더 많이 느껴야 하고, 더 많이 배워야 하고, 더 많이 알아야 한다는 욕심. 그래서 이제부터 자신과 약속한다. 하루에 10분이라도 그냥 아무것도 하지 않기로 한다. 가만히 나를 지켜보는 시간을 만들기로 한다.

눈이라도 오면 사진이라도 찍어서 남기고 싶다는 강박증에서 벗어나 그냥 하얀 눈길을 걷기로 한다. 눈은 내년에도, 내후년에도 내가 살아 있는 동안 언제라도 그렇게 하얗게 내릴 테니. 그렇게 오두방정을 떨 일도 없다. 모든 것은 다 지나가기 마련이다. 죽을 것 같은 순간도 다 지나가면 희미해진다.

느긋하게 그렇게 마음을 내려놓기로 하자.

치즈 빌딩 궁금해

"우리, 이제 동네로 내려갈까?"

벌써 2년 전이다. 펑펑 눈이 오는 겨울밤, 따뜻한 벽난로 앞에 드러누워 내일 아침 출근은 다했다고 구시렁거리는 내게 남편이 툭 말했다.

"그래, 그게 좋겠다." 나도 툭.

사실, 심심산골은 아니지만 산속에서 사는 것은 좋은 점도 많지만 힘든 점도 너무 많다. 예컨대 눈, 비, 꽃, 나무, 돌 등 아름다운 것을 즐기려면 동전의 양면처럼 어려움도 함께 견뎌내야만 한다.

폴의 골목에서 사는 8년 동안 남편은 남편대로, 나는 나대로 각기 다른 이유로 조금씩 지쳐갔다. 그렇다고 빌딩을 짓는 일 같은 꽤나 중후 장대한 일이

CHEZZ Bd.
CHEESE.

Cheese 빌딩

이렇게 시답잖은 대화로 시작되는 건 아니겠지만 우리는 그랬다. 작은 일에 꼼꼼하고, 큰일에 덜렁대는 것이 우리 부부의 특기다. 어쨌든 일단 결정을 하고 나니, 욕심이 이스트를 넣은 밀가루 반죽처럼 부풀어 올랐다.
동물병원도 하고, 공방도 하고, 살짝 월세도 받아볼까. 말하자면 점포주택. 상가주택, 역세권 주택, 주상복합아파트 등등 돈과 연관된 집들은 애써 피해 다니던 사람들이 다 늦은 나이에 사람도 북적북적, 차도 북적북적하는 길가에 작은 땅을 샀다. 넓고 반듯한 모양이었으면 좋았겠지만 아름다운 북한 강변을 끼고 있는 서종면의 길가 땅이 어디 그리 호락호락한가. 결국 끝이 뾰족하고 폭이 좁은 삼각형 땅이 겨우 우리 차지가 되었다.
"삼각형인데 괜찮으시겠어요?" 부동산 사장님이 물었다.
"네, 재밌잖아요." 우리 부부가 동시에 대답했다.
사장님의 표정이 썩 좋지 않다. 이런 아마추어들을 봤나 하는 표정이 역력하다. 흠, 우리 부부처럼 삐딱선을 타는 사람들이 있어야 그럭저럭, 세상은 돌아간다는 사실을 모르시나. 우여곡절 끝에 옆구리가 터진 삼각 김밥처럼 생긴 땅에서 일도 하고, 놀기도 하고, 돈도 번다는 야무진 계획이 세워졌다. 땅은 90평이지만 건물을 지을 수 있는 면적은 30평.
그때부터 우리 부부는 '월리를 찾아서' 놀이를 시작했다. 숨어 있는 1센티미터의 면적이라도 더 찾아 먹어야 한다는 절체절명의 놀이. 폴의 골목을 설계하셨던 서종수 소장님과 우리 부부는 밤마다 트레이싱페이퍼를 펴놓고 설계도를 그렸다. 시공 방법은 리얼 다이렉트 셀프 오더 메이드로. 건축 업자가 아닌 동물병원 수의사가 왜 건물을 직접 짓는지 물어보지는 마시길. 모든 일에는 다 그럴 만한 이유가 있고, 절박함이 있기 마련이다.
"봄에 공사를 시작하면 늦가을에는 입주할 수 있을 거야."
용감한 남편은 자신만만하게 말했고 무지몽매한 아내는 그러려니 했다. 역시, 그러려니는 대개의 경우 그러면 그렇지로 끝난다. 영하 18도의 눈이 펑펑 내리는 한겨울에 겨우 먹고, 자고, 쉴 수 있는 공간만 마련한 채 입주란 걸 했다. 그것도 기적이었다는 후문. 그 와중에 삼각 김밥이 될 뻔했던 빌딩의 이름은 번듯하게 지어졌다. 치.즈.빌.딩.
있어 보이려는 꼼수의 냄새가 나긴 하지만 꽤 그럴듯하다. 남편의 아이디어다. 폴의 골목도 남편의 아이디어였는데, 이번에도 남편에게 선수를 뺏겼다. 카피라이터는 나인데 덜컥덜컥, 빨리빨리 잘도 이름을 짓는다. 건물을 빨리 짓는다에는 그다지 동의할 수 없지만. 이 글을 쓰고 있는 지금도 치즈빌딩은 진행 중이다.
폴과 쿤이는 드넓은 정원을 마음껏 뛰어다니다가 동물병원 한 켠에 만든 목공방 귀퉁이에 곁방살이를 하는 신세가 되었다. 하지만 매일 하루 세 번 강변으로 산책(사실은 급한 볼일을 보기 위해서지만)을 나가고, 애정해 마지않는 수의사 아빠와 하루 종일 붙어살게 되었다.
하나를 얻으면 하나를 잃는다는 법칙은 동물의 세계에도 통용된다. 우리 부부 또한 드넓은 정원이 있는 집에서 딱 필요한 만큼의 공간만 있는 3층 길가 주택에 살게 된다. 딱 붙어살 수밖에 없어서 애정전선에 이상은 없다. 더구나

창문 한 켠으로 저만치 북한강을 바라볼 수 있으니 늘그막 인생은 강처럼 잔잔히 흘러갈 수 있으려나.
건물이 다 지어지기도 전에 삼각형 공간이 너무 재미있다는 이유로 1층 점포를 덜컥 계약한 착한 세입자를 만나는 행운도 있었다. 홍대 앞에서 알음알음 알려진 쉐즈롤이란 롤케이크집을 하는 젊은 부부다. 젊다는 것만으로도 우리 부부에겐 완벽하고도 충분한 조건인데, 거기다 달콤한 케이크 냄새를 폴폴 풍기는 건물이 되었으니 황송할 따름이다. 2층은 내가 나에게 세를 주었다. 인생을 멀리 보지 않는다는 점에서 나와 아주 흡사한 친구들을 불러 모아 꿍꿍이를 벌일 생각을 하고 있다. 남아 있는 아들의 옥탑방은 아직도 건축의 미로에서 헤매고 있는 남편의 몫으로 남아 있다.
'이제 됐다. 한숨 돌리자' 하는 순간 인생은 다시 시작된다. 한 치의 오차도 없이 늘 그렇다. 그래서 나는 아직 궁금하다. 또 어떤 재미난 일이 일어날지. 또 어떤 힘든 일이 나를 단련시킬지.

치즈 빌딩. 다시, 시작이다.

동네 요가

모든 일에는 적정한 선이라는 게 있다. 아무리 좋아도 너무 비싸고, 너무 멀다라는 조건은 지속 가능성이 낮다. 결국 청담동 개인 레슨 요가를 1년 만에 끝내고 싸고 가까운 문호리 읍내의 동네 요가센터 문을 똑똑. 싼 게 비지떡이라는 말이 100퍼센트 적용되는 건 아니다. 전문가들은 전국 곳곳에 숨어서 나름의 세계를 구축하고 그들만의 리그를 펼치고 있다.

새로 시작한 동네 요가는 호흡을 위주로 한다. 수업은 새벽 6시, 월요일부터 금요일까지 한 시간 20분 동안 요가하고 출근을 한다. 저녁형 인간인 남편은 정상이 아니야 하는 눈길로 쳐다보지만, 열심히 사는 게 평생 습관인 나는 게으름을 피우는 게 더 어렵다.

어쨌거나 세상엔 나보다 더 열심히 사는 아줌마들이 생각보다 많다. 나야 어차피 출근하니까 새벽에 일어나는 절박한 이유가 있다 해도 순수하게 개인의 의지로 새벽 운동을 하는 건 존경 받아야 마땅하다. 요가 선생 또한 본업은 화가. 한 달 내내 수업하고 겨우 10만 원이라니 거의 지역사회 아줌마들의 건강을 위한 사회공헌 차원이랄까.

대여섯 명의 여자들이 담요를 뒤집어쓰고 곰처럼 웅크리고 앉아 숨을 내쉬며 호흡하는 광경은 정말 진풍경이다. 처음 이 광경을 목격했을 땐 사실 뭔지 모르게 오싹해서 빨리 집으로 가고 싶은 기분이 들었다. 하지만 복식호흡은 육체적인 부분보다 정신적인 부분과 연결되어 있어 나도 모르게 그 이상한 분위기에 빠져들게 되었다.

'의식을 배꼽에 집중한다'는 알 듯 모를 듯한 방식은 뭔가 대단히 멋진 부분이 있다. 예컨대 40분 정도 등을 꼿꼿이 세우고 가부좌를 틀고 앉아 꼼짝하지 않고 복식호흡을 한다. 처음 20분은 아주 빠르게. 나중 20분은 빠르게 호흡한 다음 숨을 최대한 참는다.

정뇌호흡, 풀무호흡 같은 이름이 있지만 이런 호흡을 왜 하는지, 무엇이 좋은지 그런 건 물어보지 않는 게 좋다. 어차피 이론은 머리만 아프고 도움이 되지 않는다는 걸 이 나이쯤 되면 알게 된다. 무조건 열심히 따라 한 지 2개월, 이젠 다리에 쥐 나는 것도 참을 수 있고, 뭔가 배 주위가 따끈따끈하면서 찌릿찌릿한 느낌도 난다.

새로운 것에 폭 빠져버리는 나의 호기심이 얼마나 버텨낼지 모르지만 아직은 재미있다. 더구나 요가센터는 집에서 너무 가깝다. 요가를 하다 말고 '앗, 가스 불을 켜놓고 왔잖아'라는 생각이 들면 바로 뛰어가서 끄고 올 수 있는 정도의 거리다. 차가 미친 듯이 막히는 서울 시내 한복판을 뚫고 달려가야 하는 청담동에 비하면 부담감 0라고나 할까.

아직 1월은 춥고 깜깜해서 '아, 그냥 자고 싶다' 하는 요령을 피우고 싶은 기분이 들기도 한다. 하지만 봄이 오면 따스한 새벽 공기를 마시며 팔랑팔랑 걸어서 요가를 하러 갈 수 있겠지. 그때까지 잘 참아보자, 혜경.

감탄 요법

무병장수하는 좋은 방법은 뭘까? 열심히 몸에 좋은 것을 챙겨 먹고, 꼬박꼬박 운동하고 스트레스 안 받는 것…. 이런 당연한 얘기를 하자는 건 아니고 무병장수의 가장 좋은 방법은 '감동'이란다. 끄덕끄덕.
참 맞는 얘기인데 늘 심장이 딱딱하게 얼어붙어 있는 도시의 삶에서는 어렵다. 하지만 생각해보면 감동의 사촌쯤 되는 것들도 많다. 감탄, 감사, 감복, 감격, 감개, 감지덕지…. 약간 수위가 축 처진 세포들에게 힘을 줄 하루 치 엔도르핀쯤은 마음만 먹으면 만들 수 있다. 오늘 아침 내가 만든 감탄은 물구나무서기. 물구나무서기 정도로 무슨 호들갑은 할 수도 있지만 운동신경과는 상당히 거리가 있는 내겐 엄청난 도전이다.

아침마다 하는 요가 수업. 나보다 더 뚱뚱하거나 나보다 더 비실비실한 아줌마들이 거꾸로 휙휙 설 때마다 혈압이 거꾸로 휙휙 서곤 했는데 드디어 나도 해냈다. 아니 해낼 수밖에 없었다. 고양이처럼 그냥 머리만 방바닥에 처박고 폴짝폴짝 다리를 들었다 내렸다 흉내를 내고 있는데, 옆에 있던 요가 선생이 휙 하고 다리를 붙잡아 벽에 기대준 것이다.

세상에, 목이 똑 하고 부러질 줄 알았는데 신기하게 팔이 버텨냈다. 겨우 5초나 있었을까. 하지만 1초든 10분이든 해봤다와 해보지 않았다는 그야말로 하늘과 땅 차이다.

다른 아줌마들이 거꾸로 선 채 나무등치처럼 꼼짝도 않고 버티고 있어서 호들갑을 떨지는 못했지만 속으로 '야~ 야~' 감탄을 연발하며 어린아이마냥 신이 났다. 집으로 뛰듯이 돌아와 남편에게 자랑을 했다.

"나 오늘 물구나무섰다."

"그래? 한번 서봐."

"아니, 그게 아니고~"

"아니면 아닌 거지."

남편이라는 존재는 역시 무병장수에 그다지 도움이 되지 않는다는 것을 다시 한번 확인하는 순간이었지만, 어쨌든 하루 종일 엔도르핀이 팍팍 솟았다. 모르긴 해도 한 달쯤 생명이 연장되지 않았을까.

생각해보면 요즘엔 나도 모르게 너무너무라는 단어를 쓰지 않는다. 너무너무 행복해, 너무너무 맛있어, 너무너무 즐거워, 너무너무 잘 잤어…. 이런 너무너무 좋아서 감탄하는 것들을 잊어버리지 않도록 자꾸자꾸 연습해야겠다. 그런데 갑자기 너무너무 피곤한 이 감정은 뭐지?
아… 역시 인생은 어렵다.

토닥토닥, 인생
광고크리에이터 김혜경의 〈나이는 생각보다 맛있다〉 두 번째 이야기

1판 1쇄 인쇄 2016년 03월 25일
1판 1쇄 발행 2016년 04월 06일

지은이. 김혜경

발행인. 양원석
편집장. 황혜정
책임편집. 차선화
편집. 한지윤, 김기남
디자인. 섬세한 곰 www.bookdesign.xyz
교정 · 교열. 홍주연
해외저작권. 황지현
제작. 문태일
영업 마케팅. 이영인, 양근모, 이주형, 박민범, 김민수, 장현기, 이선미

펴낸 곳. (주)알에이치코리아
주소. 서울시 금천구 가산디지털2로 53, 20층(가산동, 한라시그마밸리)
편집문의. 02-6443-8861 구입문의. 02-6443-8838
홈페이지. http://rhk.co.kr
등록. 2004년 1월 15일 제2-3726호

ISBN 978-89-255-5857-8 03810